そらそうや

黒川博行

中央公論新社

そらそうや　目次

Ⅳ　交遊録　

そらそうや

Ⅰ　デビューまで

博打と船と

昭和二十四年に生まれた。昭和は六十四年までだから、ちょうど四十年間、昭和を生きたことになる。たった四十年で、ほんとうに日本は変わった。

父親が瀬戸内海を行き来する機帆船《きはんせん》の船長だったから、わたしは二歳から六歳まで、ほとんど船の中で育った。同年代の友だちはおらず、絵本を読むか、絵を描くか、犬と遊ぶか、いつもひとりの孤独な日々を送って大阪の小学校に入ったため、はじめのうちはクラスメートとどう接したらいいか分からなかった。連中は早口の大阪弁、わたしひとりがのんびりした伊予弁で、コミュニケーションがうまくとれない。わたしは学校が大嫌いになった。いまなら不登校児童になるところだが、当時は子どもを甘やかすような風潮はなかった。母親に尻を叩《たた》かれ、泣きながら学校へ通ううちにいつしか大阪弁も理解できるようになって落ちこぼれは免れたが、小学校の六年間、通知簿の〝協調性〟の項はずっと『可』

のままだった。五十代なかばにいたったいまでも〝協調性の欠如〟に関しては多大な自信がある。

昭和三十年代、大阪大正区の長屋の生活は貧しかった。路面電車の走る大通りだけは舗装されているが、一筋脇に入ると土道ばかりで雨が降ると泥の道になる。おまけに大阪湾に近い大正区は木場が多く、材木を運ぶ馬車が往来したから道路は馬糞《ばふん》だらけだった。雨の日は傘を忘れても長靴を忘れてはいけない。どろどろの馬糞が下駄や靴につく。大雨が降るとすぐに浸水して、人糞までぷかぷか漂っていた。

そのころの男の子どもの遊びは本質的に〝博打《ばくち》〟だった。ラムネ（ビー玉）、べったん（メンコ）、コマ——、なんでも賭《か》けの対象にして、勝てば数が増えるし、負ければ駄菓子屋に走って補充しなければならない。いまどきの子どもはテレビゲームを習練するが、むかしの下町の子どもは博打の習練をした。よって団塊の世代の男は博打が好きである。いまどきの若者は仲間うちで金のとりあいはしないが、我々の年代は平気でそれをする。麻雀、花札、サイコロ、トランプ、〝対人博打〟はなんでも来いなのだ。ちなみにわたしは若いころに習練しすぎて博打運が底を尽き、麻雀やチンチロリンをするたびに大敗して、あんなにええひとは珍しい、とみなさんにたいそう褒《ほ》めていただいている。

少し話がずれた。昭和にもどる。

昭和三十年代のなかばに馬車と路面電車は姿を消し、高度成長期の四十年代に入った。わたしは高校生活を謳歌《おうか》し、ビリヤードと麻雀に明け暮れて美大の受験に失敗した。晴れて浪人となり、毎朝十時にパチンコ屋へ行ってチューリップを閉める。二時間ばかり玉を打ち、近くの喫茶店でランチを食ってから馴染《なじみ》の雀荘へ行く。雀荘には近所の商店主や水商売のオヤジがたむろしているからメンバーに不自由はしない。若いわたしはヒキが強く、収支は大幅に勝ち越していた。そうして週末になると浪人仲間が集まり、アイビーファッションに身をやつしてキタかミナミへ行く。当時はミニスカートが大流行していたから、脚のきれいな女の子がいっぱい歩いていた。ちょっと、お茶でも飲まへん？　暇そうなケバい女の子に声をかけると、七、八人にひとりはついてきた。喫茶店でコーヒーなど飲み、成り行きで同伴喫茶や個室喫茶へ行く。恋愛感情はほとんどなく、その場かぎりのつきあいだった。いまは似たようなことが携帯電話を介して行われるのだろうか。

そんなゆるい浪人生活を送ったわたしは、当然のごとく二度目の受験に失敗した。こんなやつをほったらかしにしてたら、ろくな人間にならん――。父親はそのころ五百トンほどのタンカーの船主だったから、わたしはむりやり船に乗せられた。仕事は炊事と雑役だった。

沿海航路のタンカーは年がら年中、航海をしているから、停泊地でゆっくり休むようなことはない。いちばんの下っ端のわたしは寝る暇もない重労働に耐えかねて一年でギブアップし、もう一度だけ、と美大彫刻科を受験したら運よく合格した。

　在学中に日本画科のよめはんといっしょになり、卒業して某大手スーパーに就職した。協調性が欠如しているため上司と折り合いがわるく、四年でスーパーを辞めて大阪府立高校の美術教諭に転身。教師をしながら書いて応募した推理小説が第一回サントリーミステリー大賞の佳作になり、出版された。うれしくて応募をつづけ、第四回で大賞を受賞し、それを機に教師を辞めた。以来、作家で食っている。

　浪人から船員、船員から美大生、結婚、スーパーマン、、、、、、から教師、教師から作家――。転身のたびに生活が一変した。みんな昭和の四十年間だった。

美大受験

大学受験合格者発表たけなわ——。一般大学の試験や勉強法について書かれたものは多々あるが、美術・音楽系のそれはほとんど眼にしたことがないので、書いてみる。

いまから五十五年前の昭和四十一年、わたしは高校三年生になった。クラスメートの多くは受験勉強をはじめていたが、わたしには目標も将来設計もない。とりあえず働くのはイヤだから、夏休み前、担任との面談で、大学へ行きたいといったら、京都の私大を勧められた（わたし、理数系はからきしだが、文系は英・国・社の三科目で受験できる私大が多くあった）。

家に帰って母親に報告すると、私大はあかん、と強くいわれた。学費が高いから。さてどうしたものかと、おそまきながら国公立大学の募集要項を調べると、京都市立美術大学（現・京都市立芸術大学）の試験が英・数・国・社の四科目だった。それも数学は〝数Ⅰ〟

だったから、微分積分で挫折したわたしも、なんとかなるかもしれない。

そうや、デザイナーになろ――。まさに天啓だった。妄想はとめどなく広がり、自分がデザインしたポスターや製品が世間でもてはやされる。おれは第二の田中一光、横尾忠則になる、と本気で考えたからめでたい（このとき、デザイン科の前年度の倍率が三十倍超だったとは知らなかった）。

京都美大の募集要項には〝実技〟があったから、美術の教師に訊きに行った。デザイン科の実技試験は〝デッサン〟〝色彩構成〟〝立体構成〟だといい、実技の予備校を紹介してくれた。

夏休み、夕陽ケ丘のビルの一室にある美術予備校に行くと、講師陣は四人で、それがみんな公立高校の美術教師だったのには驚いた。なんのことはない、自分たちが教えている高校の美術大学志望者に、月謝をとって実技を教えているのだった（わたしはのちに高校美術教師になったが、こんなセコいことは考えたこともない。そもそも美大志望の高校生に受験指導をするのも美術教師の給料のうちだろう）。

わたしは講師陣の人間性に疑問をもったが、予備校はやめず、毎週日曜、夕陽ケ丘に通った。

〝デッサン〟はテーブルに置かれた、染付のティーカップとポット、広げた辞書、笊《ざる》にのせた豆腐と蒟蒻《こんにゃく》、チェック柄のネルシャツ、ポリ袋入りの煎餅《せんべい》といった、いかにも描きにくそうなものを鉛筆で細密描写する。

半年ほどして、わたしは気づいたが、ひとのデッサン力は持って生まれたセンスであり、いくら修練しても下手なひとは下手なままで上達しない。画面に対するモチーフの配置も、ただバランスがとれているだけではダメで、どこかに意図的なズレを入れると構図に軽みと動きが出る。

〝色彩構成〟は「アメリカ」とか「せせらぎ」といったお題を与えられ、ケント紙に下絵を描いてポスターカラーを塗っていく。原色ばかりの派手な色調はまとまりがないし、同系色ばかりだと地味すぎて目立たない。ポスターカラーは混ぜて使うことが多いが、たとえば緑色に赤、オレンジ色に青、紫色に黄などの補色を一滴落とすと、色に深みが出たりする。そうして少しずつ自分なりの色調を作っていった。

〝立体造形〟は油土《ゆど》や紙粘土で抽象彫刻を作れと指示されたが、抽象彫刻とはなにか——。まったく分からない。講師に訊いても、あやふやな返答しかなかったのは、彼ら四人が洋画科出身であり、立体に対する知識も素養もないからだと、あとで知った。

昭和二十四年生まれ、世にいう団塊の世代はとにかく人数が多かった。小学校は二部授業（午前中の組と午後からの組がひとつの教室を交替で使う）、中学校は一学年が十五クラスもあったから、なにもかもが競争で、大学受験の倍率もめちゃくちゃに高かった。京都美大デザイン科は三十倍超、日本画と洋画は十五倍、彫刻、陶芸、染織、漆工が十倍くらいだった。

わたしが志望したデザイン科の定員は二十五人で、受験者は八百人近くいたから、狭い美大には入れず、どこか京都市内の予備校で一次の学科試験を受けたように思う。そこで三分の二ほどが落とされ、残る三分の一が東山七条の美大で実技試験にのぞんだのだが、それでも倍率はまだ十倍以上あった。試験会場の教室には五十人ずつが入ったと思うが、〝ひやかし組〟はおらず、みんな手慣れたようすで年季の入った絵皿や筆やカルトンを用意する。

わたしはあらためて部屋を見渡した。この中から、たった五人か――。あまりに倍率が高すぎる。その上、明らかにわたしより年上の浪人も多くいた（当時、合格者でいちばん多かったのが一浪、次が二浪、次が現役だった）。

こんなもん、宝くじやで――。学科試験のときはそうでもなかったが、なにか絵空事のような絶望的な気分になった。

〝鉛筆デッサン〟は白地の扇子だった。各人に一本ずつ配られて、これを描け、という。わたしは扇子をいっぱいに広げて描いた（京都美大のデッサンは円山《まるやま》・四条派から来た細密描写だから、徹底した写実性と質感を求められる)。

〝色彩構成〟のテーマは『結婚式』だったか。どんなものを描いたか、憶《おぼ》えていない。

〝立体構成〟は『児童公園の遊具を考案せよ』だったか。アイデアスケッチだったが、これも記憶にない。

合格発表はまるで自信なく見に行った。想定どおり、不合格。ま、そんなもんやろと思っていたから大して落胆もせず、一年浪人して普通の私大を受けるかと思っていたところへ、高校の美術教師が(母校の)京都美大へ行って、わたしの成績を聞いてきた。

なんと、わたしは二十八番だった。合格者のうち三人が入学を辞退したらわたしの番が来るのに、と五分ほど呪文を唱えたりしたが、そんな僥倖《ぎょうこう》はあるはずもなく、晴れて浪人になった。

二十八番という成績を知ったのがいいのか悪いのか、わたしには京都美大デザイン科が現実味を帯びてきた。もうちょっとだけがんばったら行けるんやないかと考えたのが大間違いで、ほかの美大(金沢美術工芸大や愛知県立芸大)を併願する気が失せてしまった。

わたしは毎日、朝はパチンコ、昼からは麻雀、週末はキタかミナミを徘徊《はいかい》、と楽しい浪人生活を送り、その合間に学科試験のための勉強とデッサンと色彩構成をした。

で、一浪後の受験は鉛筆デッサンが『マネキン』、色彩構成が『港』、立体構成が『ケント紙一枚で作る立体』で、みごと惨敗。二十八番どころか五十番にもならなかった。

わたしは二浪を許されず、父親が船主船長をしている内航タンカーに乗せられて、昼も夜もなく働いた。あまりに辛いので、この苦界《くがい》から逃れるには大学に行くしかないと思い至り、もう一度だけ京都美大を受けさせてくれと父親に懇願し、次に落ちたら海技免状をとるという約束で、翌年の一月、船を降りた——。


昭和四十四年——。年が明けてすぐ、わたしは父親の船を降り、また京都美大の受験勉強をはじめた。三回目の受験だし、これで落ちたら、あとはない。海技免状をとってほんものの船員にならないといけないという恐れと悲壮感で足の裏がカサカサになったのは、水虫だったのかもしれない。

なにがなんでも京都美大に入らんとあかん——。倍率が三十倍を超えるデザイン科をやめて、彫刻科を受けようと決めた。彫刻科は十倍超えだが、実技の予備校のときの友だちが現役で彫刻科に入学していたから、彫刻のなんたるかを少しは教えてもらえるかもしれないという希望もあった。

その友だち・Kは山科《やましな》のアパートにいたから、わたしは頼んで、そこにころがりこんだ。Kが美大に行っているときは学科の勉強、Kが帰ってくると抽象彫刻の勉強（彫刻科の前々年の実技試験は、粘土で『生命を感じさせる有機体』、前年は『円柱の分割』を作り、ほかに構造的な想像画、『吊《つ》り構造の橋』や『螺旋《らせん》階段』を描けというものだった）と、生涯でもっとも真剣に勉強し、一ヵ月後に試験の日を迎えた（Kにはほんと、世話になった。彼は彫刻科の院を出て私大の教授になり、いまも制作をつづけているようだ）。

学科試験は美大本館の仮設校舎で受けた。そこで定員十人に対する百人超の志望者が半分になり、数日後、約五十人が智積院《ちしゃくいん》の墓地のそばにある、分教場のような彫刻科の木造校舎で、三班に分けられて実技試験にのぞんだのだが……。

驚いたことに、課題は抽象彫刻ではなく、具象彫刻だった。部屋の真ん中にテーブルが配され、その上に白いウサギがいる。ウサギはもちろん生きていて、鼻と口をもぞもぞさせていた。受験生には各々、丈の高い制作台が用意され、部屋の隅には大量の粘土が置かれていた。

制作時間は四時間くらいだったと思う。ウサギは毛むくじゃらで、ただただ丸いから、造形的にアクセントがない。けっこう動きまわるし、耳の向きもしょっちゅう変わる。わたしはウサギの毛の下にある筋肉を想像し、その生命感を表現するよう心がけた。完成したときはへとへとだったが、なんとかウサギらしくは見えると安堵《あんど》した。

『ウサギ』の次は想像画で、（1）が『立方体を平面で切り、その断面が三角形、四角形、五角形、六角形になる図を四点描け』、（2）が『無重力の世界』だった。（1）は幾何形態の抽象彫刻をいやというほど練習していたから簡単だったが、（2）がむずかしかった。ただ、モノが空間に浮いている具象画は安易だし、抽象画は無重力であることを伝えるのがむずかしい。わたしは迷ったあげくに、ケント紙の上部に丸い卵大の空白を想定し、そのほかを空白から離れるにしたがって少しずつ濃く塗りつぶしていった。最後、空白部分に無重力を象徴するような小さい球を描くかどうか考えたが、白いままにしたのは、いま思うと正解だったろう。

実技の次は面接だった。教官室にひとりずつ呼ばれて、短い質問を受ける。彫刻科を受けた動機を訊かれたが、デザイン科の倍率が高すぎるからとは、もちろんいえない。子供のころから平面より立体が好きです、と答えたら、堀内さん（当時の京都美大彫刻科は辻晋堂《しんどう》、堀内正和が二枚看板だった）がフッと笑ったように見えた——。

四年きりのスーパーマン生活

私の頭は形はいいのだが中身が蚊取線香状態で、喜怒哀楽が長続きせず、一晩寝ると煙のごとく消え失せてしまう。叱られたことはいやというほどあるはずだが、ほとんど憶《おぼ》えておらず、心に一片の傷も残していない。まことに便利な性格で、この能天気こそが自分のいちばんの長所だと、ひそかに誇っている。

とはいえ、なにもないでは話にならないから、懸命に記憶の糸をたどる。

私は芸大を卒業して某大手スーパーに就職した。配属先は本社の店舗意匠課と決まっていたが、そこへ落ち着くまでに販売実践と称する新入社員教育があり、私は大阪市内のショッピングセンターにまわされた。そこで新入社員は社歌を覚え、つぎに社員心得を唱和する。

わたくしたち従業員はぁ、お客様に奉仕するためぇ、安くて良い品をぉ、と独特の節をつけて、毎朝お題目のごとく三番までを唱えるのだけど、これが何度やっても頭に入らない。適当に口だけ動かしていたら、ある日、指名されて一段高いところに立たされた。根は小心なくせにすぐ居直る質《たち》だから、ええわい、ままよと大声張り上げ、一番だけで切り上げてさっさと段を降りたら、あとで店長に呼ばれ、君はどういうつもりで当社にきたんやと、くどくど説教する。いや、きょうはちょっと二日酔いで、と抗弁すると、会社をなんと心得ておると店長は逆上し、私は売られた喧嘩《けんか》は買うことにしているから、なんやねん、こら、とすごんでしまった。店長は勢いをくじかれたのか、舌打ちしながら私を放免し、それ以来、同じエレベーターに乗り合わせても挨拶ひとつしない。なんと器の小さいやっちゃ、私はまじめに仕事をしたが、どういうわけか他の大卒社員より一週間も教育期間が長く、あれはやはり店長のいやがらせだったに違いない。

私は予定どおり本社に配属され、店舗意匠を担当した。課長というのが百貨店からスカウトされたエキセントリックな男で、機嫌のわるいときは、おはようのひと言も口にしない。こちらが出した意匠プランを見ても、ただぼそぼそと自分の主観を押しつけるだけで、こいつは相当に無能やなと、すぐに分かった。課長は毎日昼をすぎると、市場調査と称して外へ出て行く。下請け業者の事務所に入り浸って夕方まで時間をつぶし、それから業者のツケで飲み歩く。課長と五人の課員は完全に離反していて、まとまりはまったくなし、最悪の職場だった。

その某スーパーでは毎年昇級試験があり、それに受からないと給料が上がらない。私は一年めの試験に落ち、二年めの試験にも落ちた。筆記試験はそうわるくないと思うのだが、面接がいけない。サービス業に従事する男の社員は客に不快感をあたえないよう髪を短くしていなければならないという不文律のせいである。

三回めの試験の日、私は試験会場へ行かず、ミナミで映画を見た。翌日、出社すると課長の顔が険しい。別室に入れられて、なぜ試験を受けなかったと詰問された。課長はあの店長といっしょで陰湿に説教する。私は受験云々は個人の自由だと反論したが、このときばかりは課長も感情をむき出しにして怒った。部下の監督不行き届きを上司にチェックされるからだろう。いっそこいつを殴りつけて辞めようかと思ったが、当時は子供が生まれたばかりだった。そうして四回めの昇級試験にも落ち、同期入社の二百人のうち給料ベースが一ランクも上がっていないのは私ひとりだけだったというからおもしろい。

そのころ私は聴講生となってまた芸大に通いはじめていた。といっても、大学へ行くのは月に一、二回、教職課程の取り残した単位を修得するためだった。会社を辞めて高校の教師になろうと考えていた。

私は大阪府の教員採用試験を受けるために勉強した。休日はいつも家にいて一般教養、教職教養などの受験勉強をした。出張の行き帰り、列車の中でも参考書を広げた。私は本質的にはどうしようもない怠け者だが、鼻先にニンジンをぶら下げられると、わりにまじめに努力する。教師になって夏休みにインドへ行こう、彫刻を作って公募展に出品しよう、それが望みだった。

私は教員採用試験に合格し、スーパーマン生活は四年で終わった。店舗意匠課の課長がもっとましな人物だったら、昇級試験に面接がなかったら、いまも案外にまっとうなサラリーマン人生を送っているのではないかと思うこともある。私は教師になって小説を書き、それが縁で教師をまた辞めた。人生なにがきっかけでどうころぶか分からない。〝叱られたあの一言〟にその後の生き方を左右するような強烈な思い入れがあればいいのだけれど、つまるところ、無反省な私にはなにひとつ身についていない。

大阪からの修学旅行生

修学旅行――。生徒にとっては最大の愉《たの》しいイベントだろうが、教師にとっては地獄の試練だった。わたしはむかし、大阪の府立高校で美術教師をしていて、修学旅行の引率は三回した。

まず往復の道中で注意するのが、ケンカ。観光地で他府県の高校といっしょになったら、メンチを切ったの、女子生徒に声をかけたのと、どこかで小競り合いがはじまる。大阪の高校生は日本でいちばんガラがわるいと思われているから、挑発されることも多い。教師は口論のうちにとめに入り、暴力沙汰だけは避けないといけない。

そうして旅館に着いたら、部屋割り、食事、リクリエーション、風呂当番などで眼のまわる忙しさ。就寝前の点呼が済むと、教師は廊下に座り込んで寝ずの番をする。生徒は必ず部屋で煙草《たばこ》を吸うから、ドアを開けっ放しにさせておくのだが、夜が更けるとベランダから外へ出るやつもいる。そのため、裏庭にも数人の教師が立って〝煙草番〟をする。ベランダ伝いに女子生徒の部屋を覗《のぞ》きに行くやつもいるから、あらゆるルートを想定して張込みをする。

風呂場の水が流れないようになって、旅館側から苦情を受けたことがあった。原因は煙草。風呂場の湯気に隠れて煙草を吸うところまではよかったが、排水口が吸殻でいっぱいになり、逆流したのだ。排水口を掃除し、ホースの水を流して洗い場にデッキブラシをかけたのは、担任のわたしだった。

女子生徒が男子生徒の部屋に忍び込んだこともあった。就寝前、我がクラスの女子生徒の部屋を見まわりしたら、ひとり足りない。どこへ行ったと訊いても、同室の生徒は、知らないとシラを切る。わたしはピンときて、めぼしをつけた男子生徒の部屋に走った。案の定、ふとんが不自然に膨れている。中でふたりが抱き合っていた。

「おまえら、修学旅行で子供つくったら洒落《しゃれ》にならんやろ」

「だってセンセ、わるいことやないやんか」

こんなときは女子のほうが腹がすわっている。

「校則で決まっとる。学校行事中は異性交遊禁止や」

——事情聴取と説諭も教師の仕事だった。

四泊五日の平均睡眠時間は一日あたり約三時間。旅行が終わるころには眼の下に隈《くま》ができ、体重が三、四キロは減っていた。

先生を辞めたくなかった

美大卒業後、大手スーパーに勤めていましたが、課長が〝すばらしい〟人格で、すっかり私の頭は円形脱毛症、水玉模様に。そこで四年で退職、美術教師になる道を選びました。大阪府立東淀川高校は一学年約五百人、十クラスの大所帯でした。美術教師は校内に一人。民間企業で働いたことがある教師というのも珍しく、生徒にとっては変わった先生がおるなという感じだったと思います。

生徒はとかく美術の先生は変わりもんだと思いたがるんですね。それならそれで、変わり者らしく演出しようかなという気にもなって、汚い格好をしたりして、期待に応えていました。進路について聞かれても「知ったこっちゃない」とわざと言ってみたり。教師は勉強エリートが多くて、きちんと勉強したらまっとうに暮らしていけるという考えを押し付ける傾向が強かった。僕には「人間どうにでもなる」と居直った考えがあったから、

「なりたいもんがなくても、これからなんぼでも出てくる。大学に行きたかったら行ったらええし、就職がしたかったらしたらええ。そうしたらまた何か広がっていくから」、生徒にはそう言っていました。だから担任も持ちましたが、積極的な進路指導をしたことはありません。

問題の多い学年も担当しました。そういう学年は小学生、中学生のころから、やりにくいと噂《うわさ》になってるんです。教師になって二回目に担任した学年はワルかったですね。タバコは当たり前、ケンカもするし、酒も飲む。授業にも来ない。留年者もいるし退学者も出る。万引きやら恐喝まがいのこともありましたが、それでもスーパーに勤めていた時に比べれば、ずっと楽しかった。

美術の授業は割合、珍しいスタイルだったろうと思います。一年生の間は立体・平面・デザインの各分野から課題を出して授業を進めていましたが、二年生からはその三つの分野から一つを選ばせ、生徒にそれぞれ好きなものをやらせるんです。だから授業といっても、各人がバラバラの作業をしている。

私は彫刻科出身なので、平面だけでは満足できなくて、立体的な作品を作らせたかった。だから平面を選んで油絵を描くという生徒にも、キャンバスから作らせるんです。角材にベニヤ板を貼って下地の白いペンキを塗る、その方が安上がりですしね。木枠に布を貼る子もいるし、そのままベニヤ板に描く子もいました。工芸的なことをしたい生徒には、まず織機を作らせてから布を織らせたりしました。

公立高校は年間を通してイベントが多かったですね。夏には高校展と言われる展覧会や水泳大会があり、顧問をしている美術部とテニス部の合宿がある。秋には文化祭、体育祭です。

文化祭で覚えているのは、担任したクラスで映画を撮ったことです。とはいっても十七、八の子がシナリオを作るものですから、まともなストーリーではありません。思いつきをどんどん撮ってつなぐだけ。八ミリカメラを親から借りて来て、皆でフィルム代を出し合って作っていました。もちろん、私も参加しました。トイレに入っているときに生徒にイタズラされる先生役です。上から水をかけられて、慌てて「コラーッ！」と怒るシーンでした。私もノリノリで「ズボンをずらしておいた方がリアリティーがあるやろ」と、わざわざズボンを脱げかけにして、びしょ濡《ぬ》れでブースから飛び出しました。

日が暮れると、キャンプファイヤーにフォークダンス。だいたいイベントの後は、打ち上げでキタの居酒屋へ行くようなことが多いので、ホームルームでは「今日は泥酔して通報されないように。捕まったら担任はめんどいです（笑）」と言うと、「はいはい」と生徒も笑っていました。

意外な役目が回ってくるのは、二月。バレンタインデーです。というのも、学校には女の子が男の子と二人きりになれる場所が少ない。でも、女の子は二人きりになってからチョコレートをあげるというシチュエーションを頭に思い描いているんですね。そこで美術室に目をつけた女子生徒から頼まれるわけです。バレンタインデー当日、私が校内放送で「何年何組、誰々君、美術準備室に来なさい」と呼び出す。男子生徒は、怒られるのかなとおそるおそるやってくると、そこにはチョコレートを持った女の子が待っている――。そんなキューピッド役を何度かしましたが実際に上手くいったかどうかは知りません。私もいわゆる義理チョコを二十～三十個はもらいました。食べきれずに、準備室の作業机の中に入れたまま白いカビが生えていたこともありました。

教師をしながら小説も書いていたのですが、辞めるときは迷いましたね。「作家に先生と同姓同名の人がおる」という生徒も出て来て、「関係ない」とトボけてはいましたが、いずれバレる。教師をしながら原稿を書くのにも体力が続かなくなってきていました。当時は教員採用試験の倍率が高くて苦労して入ったので、いざ辞めるとなるとなかなか決断できなかった。やっぱり教師という仕事は面白いんですね。

それでも物書きは定年がないし、妻が教師をやっているから、なんとか食べてはいける。今しかないと三十八歳の時に退職を決断しました。四十歳まで続けたら辞められなかっただろうと思います。

Ⅱ　作家的日常

勝手に人生訓

我が人生、行きあたりばったりの出たとこ勝負でやってきたから、人生訓はいっぱい身につけた。好きなベストスリーは「濡れ手で粟《あわ》」「果報は寝て待て」「棚からぼた餅」だが、子供のころは「濡れ手で泡」「家宝は寝て待て」と誤訳していた。

〝濡れ手で泡をすくうたら消えにくいし、たくさんすくえる〟すなわち、〝なにごとにも準備が大切であり、万端整えておけば、たくさん儲《もう》かる〟の意。

〝家宝というのは、マッチのラベルでも五円の切手でもどんなつまらんもんでもええから長いこと持っとったら、いつかは値打ちが出る〟の意。現にわたしは小学生のころに購入した三百個あまりのグリコのおまけを後生大事に隠匿《いんとく》秘蔵し、「マツダのオート三輪」や「ダイハツ・ミゼット」は、いまやネットオークションにおいて五万円の高値を呼んでいる。家宝と果報はまさに寝て待つものなのである。

「棚からぼた餅」は別に誤訳しなかったが、♪棚からぼた餅、尻からきな粉餅〜と、口ずさんでいた。下品な子どもだ。でも、なかなかに味わい深いことわざだとわたしは思う。

ギャンブル関係は、まず「単騎は損騎」。単騎待ちより両面《リャンメン》待ちのほうがロン牌《パイ》が多いに決まっている。「ロンよりお金」は、いくらゲームで勝ったところで、現金をもらわないかぎり、収入にはならないということ。麻雀は弱くて払いのよいひとを甘言をもって誘い込み、カモにするのが鉄則である。

「明日できることを今日するな」も好きな人生訓だが、男と女の関係においてはあてはまらない。なにはともあれ、今日できそうなときはパンストのゴムに嚙《か》みついてでも懇願しないと、明日できる保証はまったくない。アルコールの過剰摂取も厳に慎むべし。

もうひとつ大好きな人生訓を忘れていた。「お腰の虱《しらみ》」だ。

わたしは三十八のときに公立高校の美術教師を辞めたが、以来、年金というものを払っていない。社会保険庁から督促《とくそく》でも来れば継続して払っていたのだろうが、それがなかったので、ほったらかしにしたままだ。

「なぁ、はにゃこちゃん、年金、なんぼもらえるんや」

五十すぎまで高校教師をして満額をもらえるよめはんに、わたしは訊く。

「二十万円くらいはあるんとちがうかな」

「それやったら食えるな。夫婦ふたり、贅沢《ぜいたく》せんかったら」

「どういう意味よ」

「おれ、アテにしてるもんね。はにゃこちゃんの年金」

「やめてよね。そういうの」

「ええがな。お腰の虱なんやから」

お腰の虱――〝ひとの温もりで生きる〟の意。

一日の始まりは麻雀から

わたしは昼の十二時ごろ起きる。枕元で寝ているオカメインコのマキも起きて、いっしょに隣室の仕事場へ行く。仕事場の八つの水槽で飼っているのはグッピーとサワガニで、この世話が三十分はかかる。まず水槽の底の水をポンプで吸って、ためおきの水を補充する。次にグッピーの稚魚をすくって、稚魚だけの水槽に移す。この時期は三、四十匹前後の仔《こ》が生まれる（グッピーは卵胎生）から、けっこう手間がかかる。

グッピーに餌をやり、サワガニにも餌をやったのち、マキに声をかける。

「マキくん、めし食おか」

そばで遊んでいたマキはわたしの肩にとまり、ふたりでダイニングに降りる。マキは移動するとき、〝イクヨ　イクヨ　オイデヨ　ゴハンタベヨカ〟と鳴く。言葉の意味は分かっていないだろうが、そのときどきの状況でセリフをいうのはえらい。

よめはんも十二時ごろ起きてきて台所に立つ。わたしは庭に出て池の金魚に餌をやり、九つの睡蓮《すいれん》鉢にいるメダカと去年生まれのこども金魚に餌をやる。池の金魚は毎年、一万個ほどの卵を産み、ほぼ同数の稚魚が孵化《ふか》するが、幼魚になって冬を越すことができるのは百匹ほどか。それが自然の摂理なのだろう。

そうしてダイニングにもどると、よめはんの手料理がテーブルに並んでいる。スープと大きな皿にいっぱいのサラダは定番で、あとは卵や魚、肉が出る。卵のほかはみんな昨日の晩飯の残りものだ。マキも同じテーブルで自分の餌を食い、パスタや素麺があるときは「寄越せ」という顔をするからソース抜きで少し食べさせる。マキは小さいころから麺類が大好きだ。

昼飯が終わると、わたしは湯を沸かす。コーヒー豆を粉に挽《ひ》き、フィルターで淹《い》れながら皿を洗う。

皿を拭いてダイニングボードにもどしたころ、コーヒーが入るから、ふたつのカップに注ぎ分ける。「マキ、お昼寝やで」というと、マキが肩にとまるから仕事場に連れていく。葉巻を一本、吸い口を切って麻雀部屋に降りると、よめはんがコーヒーカップをサイドテーブルにおき、自動卓の電源を入れて待っている。

起家《チイチャ》はジャンケンで決める。なぜかしらん、ジャンケンの勝率は圧倒的によめはんのほうがいい。勝つとよめはんはケケケと笑い、「なんでそんなに弱いんよ」とえらそうにいう。敗因が分からないわたしは、「ハニャコちゃんが強いから」と卑屈に笑う。ちなみに、よめはんはハニャコといい、わたしはピヨコという。——よめはんは運動神経がない。動きがスローモーで喋《しゃべ》るのも遅いから、わたしは戦後はじめて日本にやってきたアジアゾウのはな子を連想し、ハナコと呼んでいたのが経年変化でハニャコになった。わたしのピヨコは、落ち着きがなくピーピーとうるさいからだとよめはんはいう——。

ふたり麻雀のルールは三人打ちと同じだ。我が家では半荘《ハンチャン》戦四回、だいたい一時間で終了する。もちろん金は賭けて、千円、二千円のやりとりになる。勝つとよめはんは奥歯が見えるほど大笑し、わたしは泣く。負けるとよめはんは怒り、わたしはなだめる。

麻雀のあと、よめはんは画室に入って日本画を描き、わたしは仕事場にもどって原稿を書く。マキと麻雀が夫婦の接点にある。

よめはんの口福

わたしは料理をする。魚を三枚におろして刺身にするのはもちろんのこと、カレーライス、オムレツ、焼飯、筑前煮、肉じゃが、雑煮、だんご汁、おでん、お好み焼き、といった家庭料理はよめはんより巧《うま》い。たとえばカレーライスのタマネギなどは大きな中華鍋で一時間も炒《いた》めるから、えもいわれぬ甘味が出て、そこいらのレストランのカレーよりはずっと旨い。

しかしながら、わたしは好きで料理をしているわけではない。ダイニングのテーブルに坐《すわ》れば、ずらっと大小の皿が並び、「はい、召し上がれ」と、箸をそろえてくれる据膳状態が好きなのである。

だがしかし、そういう状態はよめはんが好まない。うちのよめはんはわたし以上に据膳状態を愛好するゆえに、ことあるごとに、わたしに料理をせよという。わたしは世の中でよめはんがいちばん怖いから唯々諾々《いいだくだく》とキッチンに立ち、飯を炊き、おかずを作り、食後は率先して皿洗いをし、ときには包丁を研ぐ。「おれが料理するより原稿書いてるほうが経済効率はええやないか」と抗議はするが、よめはんは聞く耳をもたない。「あんたのほうがお上手なんやから。手際はええし、味付けはええし、ほんまにプロの料理人みたいや」と、こうくる。豚もおだてりゃ木に登る。結婚して早や二十七年、わたしは調教され、洗脳されて、いまではほんと、料理が巧くなってしまった。

で、我が家の鍋だが、冬場はもっぱら、フグとクエとカニ（ズワイガニかタラバガニ）の鍋を食っている。なんと贅沢《ぜいたく》な——と思われては困る。フグもクエもカニも、近くの市場に午後七時をすぎてから買いに行く。そうすれば、みんな半額にプライスダウンされているのである。二人前・二千九百八十円のトラフグが千四百九十円になっていれば、よめはんとふたり、夕食の費用としては決して高くないだろう。大阪はとにかくフグが安い。わたしはいつも養殖のフグばかり食っているから、天然ものの味を知らないのだ。

そうして、ここいちばん、贅沢な鍋をするときはガザミ（ワタリガニ）を買ってくる。ガザミだけは大阪湾や瀬戸内海で獲れる生きたやつでないといけない。中国あたりから輸入される冷凍ものは、身はつまっていても甘味がないのだ。元気よくヒレ脚をばたばたさせているのを鍋に放り込み、蓋に重しをのせて二十分、ガザミは真っ赤になって昇天している。この季節は甲羅いっぱいに味噌と卵がつまっていて、めちゃくちゃに旨い。なんともいえない濃密な味がする。

「かわいそうにな。カニも食われるために生まれてきたわけやあるまいし」

口先だけそういうと、

「しゃあないやんか。美味しい身をもって生まれたんが不幸なんや」

ヒレ脚をくわえたよめはんも口先でそう答える。

ガザミの思い出

鍋物の季節が来た。なにしろ手間のかからないのがいい。白菜、菊菜、大根、えのきなど、野菜類とぽん酢を用意しておけば、あとは肉か魚を買ってくるだけ。その日の主役は散歩がてらに近くの市場へ行って決める。

肉はしゃぶしゃぶ用に薄く切った牛肉か豚肉。魚はタイ、フグ、クエ、カワハギ、アンコウ、タラ、サワラ……。蟹はタラバ、ズワイ、ガザミ（ワタリガニ）と、バラエティーに富んでいる。中でも好きなのはガザミで、幼いころはおやつ代わりに食べたものだ。

わたしは愛媛県今治《いまばり》の生まれで、港の近くに住んでいたが、昼前になると行商のおばさんがやってくる。母親はいつも魚といっしょにガザミを一匹買い、すぐに茹《ゆ》でてくれた。藁《わら》でツメを括《くく》られたガザミは甲羅にいっぱい卵がつまっていて、ほんと旨かった。

「子供のころ、船に乗ってて、何千匹というガザミが群で泳いでるのを見たことがある。

瀬戸内はそれくらいガザミが多かったんや」

鍋をつつきながら、よめはんにいうと、

「カニが泳ぐて、どういうこと？　カニは海の底を這《は》うんやんか」

「いちばん下の脚がヒレになってるやろ。これでひらひら〝カニ泳ぎ〟をするんや」

「なんか、ちょっとかわいいね」

「それを茹でたんは、あんたや」

よめはんは結婚するまでカニはもちろん、魚もほとんど食ったことがなかった。これはサバ、これはアジ、こっちはイワシと教えたのはわたしだ。よめはんはヒラメやタイの刺身が好きになり、刺身嫌いのわたしとは一食あたりの平均単価に大きな差ができた。

「今度、てっちり食べに行こうよ」

よめはんの狙いはてっさ（フグ刺し）だ。デブのわたしは野菜ばかり食べさせられる。

愛車遍歴

　わたしが最後に新車を買ったのは、高校教師をしていたころだから、四十年ほど前になる。赤いパルサーＥＸＡ（これは名車）だった。それに三年ほど乗り、次に買ったのが中古のパジェロで、以降はすべて中古車しか乗っていない。

　オペルオメガ（これも名車）、ベンツ１９０、ボルボ７４０、トヨタＭＲ２、フェアレディＺ、ＢＭＷ７４０ｉ、ＢＭＷ５３０ｉ、アウディＡ６、ベンツＥクラス、フィアット５００など、すべてを高校のころからの親友のカゴちゃんに買ってもらった。カゴちゃんは伊丹でディーラー向けの中古車卸（主に輸入車）をしている――。

　と、前置きをしておいて、もう七年ほど乗っている２００８年式の某ドイツ車のリアウインドーが泡だらけ（ガラスに貼られているデフロスターフィルムが浮いてデコボコ）になって後方が見えづらくなってきた。カゴちゃんに中古部品のリアウインドーを探してもらったが、ない。ヤナセに訊くと、在庫部品は二十万円以上して工賃もかかるという。
わたしはそのドイツ車が気に入っているので、年式の新しい同じモデルに買い換えることにした。カゴちゃんに電話をして希望をいうと、彼は日本各地で開催される業者向けオークションで探してくれた。半月後に条件どおりの車が東京で見つかり、入札価格はカゴちゃんに任せて翌日のオークションを待った。

カゴちゃんがいうには、その車は東京の某ディーラーの店頭にもおかれていて、ディーラーが換金のためオークションに出品したらしい。わたしがネットで中古車サイトにアクセスすると、年式、グレード、車検年月、走行距離の合致する車が確かにあった。

車は翌日のオークションで落札できた。某ディーラーの店頭価格より十五パーセントは安かったからうれしい。カゴちゃんからファクスでオークション精算書と譲渡委任状、落札した車の車名と型式、車体番号、車長、車幅、車高が送られてきたので、わたしはその日のうちに代金を振り込み、印鑑証明をとり、所轄の警察署に行って車庫証明の申請をした。車の登録はディーラー任せにするひとが多いと思うが、手続きは案外に簡単で、ほんの一、二時間の手間をかければ代行料を払わずに車を入手することができる（売手と買手が直接取引をするインターネットオークションでも車の売買はできるが、車の状態や支払いでトラブルが多いと聞く）。

車庫証明書をとり、カゴちゃんに郵送した翌週、カゴちゃんが東京から陸送された車をキャリアカーに載せて我が家に来た。新しいナンバープレートのついた車をガレージに降ろし、代替車をキャリアカーに載せる。

「それにしても、この車、なんでこんなに汚れてるんや」

「買《こ》うてから七年間、いっぺんも洗《あろ》うたことがない。窓も拭いたことがない」

「ものぐさも極まれりやな」

「ちょっとはきれいにしといたほうがよかったか」

「かまへん。洗車機にとおしたらしまいや」

車はリアウインドーに難があるが、オークションに出品すればそれなりの値で売れるだろう、とカゴちゃんはいい、コーヒーを飲んで帰っていった。持つべきものは友だ。

家の履歴書

先週の水曜日、買って間もない中古車を運転して、よめはんと近くのスーパーに買い物に行き、後ろが見にくいものだからカメラを頼りにバックしていたら、ゴンッガリガリと不吉な音がした。車を降りてリアにまわると、電柱に左バンパーがめり込んでいる。おめでとう——。思わず、自分にいった。

それにしても駐車場の中にコンクリート電柱があり、黄色と黒の縞模様もないのはいかがなものか。地元の小さいスーパーだから駐車場も狭い。

買い物を済ませて、いつもお世話になっている自動車工場に行った。いま板金がたてこんでいるので週明けに預かります、といわれた。

そうして今週月曜日、家の塗装工事がはじまった。朝、よめはんとふたりでぶつけた車を自動車工場に持って行き、もう一台の小さい車を隣の家の塀際に駐《と》めさせてもらった。

足場の設営工事は丸一日かかった。そのあと、壁の洗浄に二日、塗装に半月以上はかかるという。家というやつはメンテナンスが面倒だ――。

わたしは芸大の四回生のとき（一九七三年）に学生結婚し、大手スーパーに就職して、大阪・茨木《いばらき》市に一戸建の家を借りた。敷地三十坪でガレージ付き、家賃は二万円だったか。茨木から吹田《すいた》の会社へ車で通勤しているとき、箕面《みのお》の国道沿いで宅地分譲の看板を眼にした。一平米・九万八千円。坪あたり三十万円を超えるのに、なぜかしらん安いような気がして、次の休日、ひとりで現地へ行ってみた。

国道171号から北へ二百メートルほどあがったその分譲地は一区画が二十五坪前後で、周辺の畑からは一段高く、見晴らしがよかった。逆上したわたしは南端の一区画を買うべく契約し、家に帰って「土地、買《こ》うてきた」とよめはんにいったら、「あ、そう」とだけいった。よめはんは結婚したときから、わたしの行きあたりばったりな行動、性向に、天使のような諦観《ていかん》をもって対している。一万円の貯金もないわたしは四百万円を父親に借り、あとは銀行ローンにした。

土地があれば家を建てたいから、建築家に設計を依頼した。できあがったプランはコンクリート打ち放しの変電所のような外観で、屋内に煉瓦積みの壁があるという趣味性の強いものだった。わたしはいくつかの工務店で相見積もりをとった。総建築費は土地を含めて千六百万円。給料は手取り九万円で毎月の支払いは十万円を超えていたが、それでもやっていけたのはよめはんが働いてくれたからこそだった（ここはぜひ、よめはんに読んでもらいたい）。

家が竣工して半年、シャレで申し込んでいた泉北《せんぼく》ニュータウンの土地が当たった。坪二十万円は安い。わたしは駅近くの八十坪を申し込み、箕面の家を売りに出した。

がしかし、変電所は売れなかった。半年後、泉北の土地は契約解除になった。わたしは懲りずに奈良・秋篠町《あきしのちょう》の農家や香芝《かしば》市の家を見に行ったが、資金繰りがうまくいかなかった。

よめはんとわたしは八年間、箕面に住んで子育てをし、住宅供給公社の住宅分譲に補欠当選して羽曳野《はびきの》に引っ越した。羽曳野でもまた転居し、その家をいま塗装している。

引越しビオトープ

この春、引越しをした。築二十年の古家には狭い庭と小さな池があり、前の家のゴミバケツで飼っていた金魚を池に放した。金魚は元気よく泳ぎまわっていたが、ひと月もしないうちにアオコが増殖して水が緑色に濁り、なにも見えなくなった。

「な、どないしょ。これでは金魚の値打ちがあらへんがな」よめはんにいうと、

「水を替えたらええねん」

「めんどくさい。どうせ、また濁る」

「フィルターつきのポンプを買うたら？」

「もったいない。電気代がいる」

さてどうしたものかと近くのホームセンターへ行ったら、ウォーターレタスという水草を売っていた。《水の浄化作用あり》と書いてある。ほんまかいなと思いつつ、三株だけ

買って池に入れた。

水草はどんどん子株を増やした。金魚はまったく見えないが、餌をやると、いつのまにかそれがなくなっている。

二カ月ほどして、水草はびっしりと池を被いつくした。あまりに量が多いので間引きしようとかき分けたら、水が澄みわたっている。アオコは消滅して底の砂粒までがくっきりと見え、七ミリほどの糸のような魚が泳いでいる。わたしは驚いて、よめはんを呼んだ。

「えらいこっちゃ。金魚がこどもを産んでる」

「ほんまや。水草に卵を産みつけたんや」

稚魚は百匹以上いる。親に食われたらいけないから半分ほどをすくいとり、手水鉢《ちょうずばち》に移した。

水がきれいになると、アマガエルが住みついた。トンボやチョウが飛ぶ。よめはんとわたしは近くのため池に行き、メダカやタナゴやオタマジャクシをすくってきた。ビオトープ（ある範囲内に動植物が生息できる空間を作る、環境運動の一種）の真似ごとである。

そうこうするうちに、よめはんが夏のグループ展でカニを描きたいといいだした。

「ガザミかアサヒガニを描きたいんやけど、近所の魚屋さんには売ってへんねん」

「デパートの魚屋にあるやろ」

「行ってみたけど、なかった」

「ほな、サワガニにせい。あれは絵になる」

絵のモデルは生きたカニでないといけない。

よめはんはさっそく中央市場の川魚屋に行って、から揚げ用のサワガニを買ってきた。一袋が五十数匹で二千円。ハサミを振り立ててガサゴソと動いている。

わたしは水槽に水を張り、小石を積みあげた。水草とエアポンプを入れてサワガニを放すと、石を器用に移動させて巣を作る。餌は飯粒、煮干し、金魚の餌、食欲旺盛でなんでも食べる。よめはんは数匹のサワガニを洗面器に入れてアトリエに持ち込み、せっせとデッサンをする。

そうこうするうちに、テニス仲間のおじさんたちが引越し祝いをしようといいだした。祝いはなにがいいと訊くから、わたしはヒキガエルをリクエストした。

「おれ、こどものころ、ヒキガエルを飼《こ》うてた。裏庭のナメクジやダンゴムシを食うて、三年も生きたんや」

「あんた、やっぱり変わってるわ」

おじさんたちは手分けして田舎《いなか》に電話をしてくれた。一週間後に富山の山中で見つかったと連絡があり、体長七センチほどの子ガエルが二匹、うちに来た。これはかわいい。

わたしは鳥籠に砂利を敷いて水飲み場を作った。ヒキガエルは足に水かきがなく、オタマジャクシからカエルになったあとは、交接して卵を産むとき以外、一生涯、水には入らない。生きて動いているものはなんでも丸呑みにするから、ミミズやダンゴムシ、イモムシ、バッタなどをとってきて食べさせる。鳥籠から出すと、家中をのそのそ這いまわって機嫌がいい。わたしは毎晩、ヒキガエルといっしょに風呂に入る。湯船に入れたら茹《ゆ》だってしまうから、洗い場で遊ばせている。

金魚の稚魚は三十匹が生き残り、五センチほどに育った。メダカもたくさんの稚魚が孵《かえ》って百匹に増えた。タナゴはどれも十センチくらいに育ち、水槽のオタマジャクシはみんな足が生えている。よめはんの描いたサワガニの日本画は二点が売れた。

まともなペットではないが、生き物はおもしろい。

お裾分けのオタマジャクシ

ひと月ほど前、友だちのKちゃんから電話があった。モリアオガエルの卵を要《い》らないかという。

「あの泡の塊か」

「そう。池の木にぶらさがってる」

Kちゃんの家は京都府下にある。ここ数年、近くの池のほとりの木にモリアオガエルの白い卵塊がいっぱいついているという。

「カエルは生き餌しか食わんからな……」

気乗りはしなかった。モリアオガエルは育てたことがある。鮮やかな緑色の体色がきれいだし、カーン・カラカラという鳴き声もいいが、モリアオガエルに限らず、カエルは世話が大変だ。

「わるいけど、要らんわ」

「そうか、またにしよ」

Kちゃんが電話をしてきたのは、わたしのカエル好きを知っているからだ。

二十年ほど前、いまの家に引っ越したとき、テニス仲間のSさんが転居祝いを訊いてきたから、「ヒキガエルが欲しい」といった。わたしは小学生のころ、ヒキガエルを三年ほど飼っていて、そのかわいさを憶《おぼ》えていた。

「ヒキガエルて、ガマガエルか」

「そう、ガマガエル」

「置物か」

「ちがう。生きてるヒキガエル」

「どこで売ってるんや」

「たぶん、売ってへん」

「分かった。探してみる」

それからしばらくして、Sさんが段ボール箱に入れたヒキガエルを持ってきた。大分の従弟《いとこ》が山の中で捕まえたのを宅配便で送ってもらったのだという。まことに面構えのいいヒキガエルだった。

そこからわたしはカエルにはまった。ニホンヒキガエルのヒロコちゃん（体長十三センチ）、ベルツノガエルのベルちゃん、イエアメガエルのハニャコちゃんと、名前のあるカエルのほかに、ヒキガエルのこども三十匹（これはオタマジャクシから育てた）とアマガエル五匹ほどがわたしの仕事部屋にいて、そのカエルたちの餌にするミールワームやコオロギも衣装ケースで飼っていた。

そんなところへ、滋賀の知り合いがモリアオガエルの小さな卵塊を持ってきたから、わたしはそれを庭の辛夷《こぶし》の枝にぶらさげて、すぐ下に睡蓮《すいれん》鉢を置いた。十日ほど経つと泡の中で卵が孵化《ふか》し、オタマジャクシになって睡蓮鉢の中にぽたぽた落ちる。アタマが五ミリほどの黒いオタマジャクシは金魚の餌を食って見るまに大きくなり、カエルになって、その夏中、きれいな鳴き声を聞かせてくれた――。

と、前置きをしておいて、半月前、Kちゃんのよめのミカリンが麻雀をしに我が家に来た。ミカリンは果実酒の瓶にオタマジャクシをたくさん入れていた。

「ひょっとして、モリアオガエルか」

「そうやで」

ミカリンは、Kちゃんがオタマジャクシを孵化させたので、そのお裾分けだといった。

麻雀の翌日、わたしはオタマジャクシを庭の火鉢に移した。ちょうど二十匹。体長は四センチ前後で、後ろ足が生えかけているのもいる。メダカの餌をやると勢いよく食った。あとは自分で生きるんやで――。オタマジャクシは雑食だが、カエルは動物食だ。ミールワームやコオロギを飼っていたころは食わせるものに困らなかったが、いまはいない。庭の虫を食って、またあのきれいな鳴き声を聞かせてくれるのを祈るばかりだ。

幸せは小鳥や金魚とともに

朝、九時ごろになるとオカメインコのマキが起きてきて、寝ているわたしの目尻のあたりをつつく。眼をあけて起きろ、という合図だ。わたしは眠いから反対を向く。するとマキはわたしの頭にとまって唇をつつく。お腹《なか》が空いた、ご飯食わせろ――。

わたしは起きてマキを膝《ひざ》に乗せ、背中に手を添えて頭をカキカキしてやる。マキは眼を細めて甘え鳴きをする。五分ほどカキカキして、わたしは資料棚のそばへ行く。そこにはマキの餌皿と水を入れたコップがおいてあり、マキが食うのを見ながら、わたしはフローリングの床に横になり、また眠る。そうして二時間ほど寝ると、マキがまた目尻をつつくから、起きて窓際の水槽のところへ行く。水槽は三つあり、グッピーと金魚の仔《こ》がいる。ポンプで水槽の底の糞《ふん》を吸いとり、汲《く》みおきの水を足してから餌をやる。餌やりが終わったころ、よめはんが「ご飯やで」と呼ぶから、マキを肩にのせて階下に降りる。「マキちゃん、おはよう」〝チュンチュクチュンオウ〟よめはんとマキは挨拶《あいさつ》を交わし、わたしは朝飯を食う。本日の献立は、アボカドサラダ、ポタージュスープ、トマトのオムレツ、小さいベーグルひとつ——。マキもキャベツやブロッコリー、オムレツを少し食う。

朝飯が終わると、わたしは甘夏を半分に切って庭に出る。甘夏を木蓮《もくれん》の枝に差し、枝に吊《つ》るしたプラスチックのボウルに『小鳥の餌』をマグカップ三杯分ほど入れる。甘夏はヒヨドリとメジロに、ヒエやアワの混合餌はスズメにやるためだ。スズメ（三十羽を超える軍団）もヒヨドリ（いつも二羽）もわたしの姿をちらっと見ただけで逃げる。まるで愛想はないが、野生のスズメは一年か二年の寿命だというから、少しでも冬越えしやすいように、十年ほど前から餌付けをしている。

スズメのあとは火鉢の金魚とメダカに餌をやる。メダカは約百匹、金魚は五十匹ほどか。みんな去年の春から夏にかけて生まれた仔で、無事に冬を越した。——大阪の屋外で冬越しできるのは、和金、コメット、朱文金といったヒレ尾の金魚だろう——。

わたしが庭に出ているあいだ、マキは窓の桟にとまって、じっとこちらを見ている。「マキ、ここやで」手を振ると、小さくピィピィと鳴く。わたしがどこかへ行かないかと心配なのだ。

庭からもどり、マキを肩にのせて仕事部屋にあがる。よめはんの画室は一階南向きの十

六畳の和室だが、わたしは屋根裏部屋に居住している。「不公平やろ」よめはんにいうと、

「パソコンと椅子があったら原稿書けるやろ」と、相手にされない。

作家の幸福はマキと金魚とメダカ、スズメやヒヨドリとともにある。

手間ちがい

人間、齢《とし》をとると花が愛でたくなるというが、まさにそのとおり、五十路をすぎて庭いじりがおもしろくなってきた。新緑の春、園芸店を覗くと、鉢植えの花や苗木がいっぱい並んでいる。蠟梅《ろうばい》、牡丹、木蓮、桜、桃、薔薇《ばら》、椿、わたしは花木が好きだ。沈丁花《じんちょうげ》や梔子《くちなし》など、切り花にすると部屋中が馥郁《ふくいく》たる香りにつつまれる。

ある日、よめはんとふたりで近所を散歩していると、庭全体が黄色の花で埋まっている家があった。四方に枝を張った大木にぼんぼりのような花の房がついている。

「これはみごとやな。なんちゅう花や」

「ミモザやんか。アカシアの仲間で、ミモザはフランス語やと思う」

「よっしゃ、こいつを庭に植えよ」

勢い込んであちこちの園芸店に行ったが、ミモザの苗は売っていない。あまりポピュラーな庭木ではなさそうだ。代わりにわたしは木槿《むくげ》を買って植えた。

それからひと月、自治会のテニス大会があり、打上げのときにミモザの話をした。

「その黄色い花やったら、××ゴルフ場の跡地にいっぱい咲いていたで」

と、テニス仲間のおじさんがいう。

「あそこ、もうすぐバイパスが通るから工事中や。早よう行かんと、木は切り倒されるかもしれん」

「そらえらいこっちゃ」

わたしはさっそく、歩いて三十分のゴルフ場の跡地に行ってみた。バイパスの橋脚の先に何十本というミモザの古木が植わっている。もう何年も手入れをされていないらしく、蔦《つた》や枯れ枝だらけで荒れ果てていた。わたしは元気そうな枝を五本ほど折りとって持ち帰り、挿し木にした。

「おれはこのミモザを助けた。ちゃんと根付くはずや」よめはんにいうと、

「花が咲くのは何年も先やね」

「生きものというやつは手間がかかる」

「ほんまや。ものすごい手間がかかる」

よめはんはしげしげとわたしを見た。

ねこマキ

夜、よめはんと将棋を指していたら、ミャー、ミャーと猫の鳴き声がした。床下から聞こえる。将棋に負けると、皿洗い三回、風呂洗い一回なので猫どころではないが、いつまでも鳴きやまない。

「かぼそい声やな。仔猫か」

「親を呼んでるんやろか」

「床下で子ども産んだんやないやろな」

「そんなん、困るわ」

「気になる。ちょっと見てきや」

「あかん、そのあいだに駒を動かすもん」

さすがよめはん、三十五年もいっしょにいると、わたしの習性をよく知っている。

「しゃあないの。この将棋は勝負なしや」

わたしは懐中電灯を持って庭に出た。床下を覗く。猫は見あたらないが、鳴き声は聞こえる。はて、面妖な……。

家にもどり、よめはんといっしょに地下室に降りた。明かりをつけると、猫がよちよち歩いていた。

「おいおい、こんなとこでなにしてるんや」

猫を抱きあげた。掌《てのひら》に乗るくらいの小さな三毛猫だ。わたしを見あげて、ミャーと鳴く。地下室には薪ストーブがあり、煙突用の通風口が一階の床下につながっているのだが、その狭い隙間から猫は地下室に落ちたらしい。

「かわいそうにな。お腹空いてるやろ」

仔猫はしばらく乳を飲んでいないようだ。喉も渇いているだろう。

と、そこへまた鳴き声がした。スピーカーの後ろだ。見ると、もう一匹、白い猫がいた。さっきからの声は二匹で鳴き交わしていたらしい。

わたしとよめはんは仔猫を抱いて台所へ行った。牛乳を温め、スポイトで口に注ぐと夢中で飲んだ。一匹は模様がくっきりした三毛猫、白いほうは鼻先と耳と尻尾が三毛になっている。二匹とも眼がくりっとして愛くるしい。

段ボール箱にボロを敷き、使い捨てカイロを入れてやると、仔猫は寄り添って寝た。母親が探しているだろうと、毛布をかぶせて玄関先に置いたが、朝になってもそのままだった。

わたしは二匹を動物病院に連れていった。診察のあと、仔猫の育て方を聞き、猫用のミルクと哺乳瓶を購入する。インターネットでも仔猫の世話のしかたを勉強した。しばらくは猫のお父さんだが、うちにはオカメインコのマキがいるので、飼うことはできない。動物病院の院長も、猫と小鳥をいっしょにするのは勧められないといった。

わたしはテニス仲間のおじさん、おばさんに声をかけた。

「猫の赤ちゃん、飼《こ》うてくれへん？　三毛と白の姉妹。器量よしやで」

とはいいつつ、仔猫の世話をしていると情が移る。オカメインコのマキは放し飼いで、一日中、わたしのそばで遊んでいるから、やはり猫といっしょには飼えない。

そうして五日後に三毛の里親が見つかった。わたしは残った白猫に、〝ねこのマキ〟と名前をつけ、〝ねこマキちゃん〟と呼んだ。ねこマキはとても頭のいい仔で、猫用の砂をリビングの隅に置くと、たった二日でトイレを憶《おぼ》えた。インコのマキがわたしの肩にとまっているのを見たのか、同じように背中から這いあがってきて肩にとまる。右の肩にはマキ、左の肩にはねこマキ、一羽と一匹がわたしの頭をあいだにしてとまるのがたいそうかわいかった。

ねこマキは半月ほどうちにいて、テニスのおじさんの家にもらわれていった。わたしとよめはんはときどき、ねこマキのようすを見にいく。

「憶えてるか。おまえはな、うちの地下室に落ちて、お母さーん、と鳴いていたんやで」

そういって撫《な》でてやると、ミャーと返事をする。ねこマキはいま、〝ふく〟という名で、幸せに暮らしている。

セグとの日々

セグを飼いはじめたのは五十年以上前、わたしが三歳のときだった。愛媛県今治《いまばり》市の港に近い家でわたしは麻疹《はしか》にかかり、医者から外へ出ないようにいわれた。ちょうどそのときに隣家の飼い犬が四匹の仔《こ》を産み、そのうちの雄の一匹を、母親が外へ出られないわたしの遊び相手にもらってくれたのだ。その仔犬は薄茶色で背中が黒く、セグロだから『セグ』と名づけられた。

そのころ、父親は機帆船《きはんせん》に乗って石炭を運んでいた。筑豊《ちくほう》で積んだ石炭を神戸や大阪に輸送する仕事だが、人手不足のために母親も船に乗り込んで賄《まかな》いをする。わたしは二歳から五歳まで、ほとんど船で育った。セグもいっしょである。

夏、わたしは毎日、海で泳いだ。大きな救命ブイを持って海に入り、それをセグは船のデッキから見ている。わたしはいつも溺《おぼ》れるふりをした。「セグ、助けてぇ」と、水面をバシャバシャ叩くと、セグはデッキを走りまわって、大変だ、と吠《ほ》えるのだが、船員はキャビンから出てこない（むろん、わたしが海にいるのは見ている）。セグはそこで意を決し、三メートルもあるデッキから海に飛び込んでわたしを助けにくる。泳いできたセグの尻尾を持って、わたしは引っ張ってもらうのである。騙《だま》しても騙しても、セグは三メートルのデッキからダイビングしてわたしを助けにきた。

わたしは五歳になり、幼稚園に通いはじめた。授業が終わるころになると、母親とセグが校門のところで待っている。早く帰ろうと園児が靴箱のところで押し合いをしたりすると、セグはわたしがいじめられていると思うのか、走ってくるなり、わたしと押し合っている園児にパクリと嚙《か》みつく。歯形がつくほど強く嚙みはしないが、園児はびっくりして泣き出す。母親はそのたびに園児の親に謝った。いまは考えられないが、当時は犬を放し飼いにしていたから、こんなことがあったのである。

わたしが小学校に入学し、一家は今治から大阪へ出た。妹が生まれ、母親は賄《まかな》いをやめて船を降りた。大正区の家は裏が児童公園だったから、わたしはいつもセグを連れていって遊んだ。友だちと相撲《すもう》をとったりすると、喧嘩《けんか》をしているとみて、その友だちをパクッとやる。セグのいるとき、友だちはわたしと相撲をとらなくなった。

セグはわたしと妹が喧嘩をしたときは、どちらの味方もしなかった。あいだに入ってきて、前足でふたりを押す。困ったような表情がおもしろくて、わたしと妹はよく喧嘩のふりをした。どうにもおさまらないとみると、セグは母親のエプロンを引いて、ふたりを分けろという。犬とは思えない繊細《せんさい》な行動だった。

妹が鉄棒やブランコから落ちて泣いているときも、セグは家に帰って母親を呼んだ。エプロンを引っ張って公園へ連れていくのだ。妹が小さいとき、そんなことが五、六回はあった。

わたしが小学校四年のころ、父親はタグボートの船長をしていた。夏休み、わたしはセグといっしょにタグボートに乗る。セグは仔犬のころから大小便はぜったい船の中でしなかった。必ず陸《おか》にあがってする。

そのときも、セグは我慢していた。タグボートのデッキをうろうろするようすでそれが分かる。父親は尼崎の水門で船を岸壁につけた。セグは陸に飛び移って走っていったが、もどってこない。タグボートは艀《はしけ》を曳《ひ》いているから、いつまでも待っているわけにはいかない。父親は帰りに水門へ寄るつもりで岸壁を離れ、夕方になってまたセグを探したが、その姿を見ることはなかった。「しかたない。賢い犬やからどうにかして生きていくやろ」そういって諦めるしかなかった。

そうして半月が経《た》ち、夏休みが終わるころにセグが帰ってきた。尼崎から大正区の家に歩いて帰ってきたのだ。痩《や》せて毛並みも艶《つや》がない。足に怪我もしている。一家はセグを抱いて泣いた。

動物の帰巣本能というものは本を読んで知っていたが、まさかセグが帰ってくるとは思ってもいなかった。セグは陸路ではなく、大阪湾を渡って尼崎へ行ったのだ。もちろん臭《にお》いは残っておらず、セグは犬にそなわった方向感覚で車の走る国道を歩き、橋を渡って帰ってきた。ただもう一度、飼い主に会いたいという本能だけで。

セグを飼いはじめて十三年、老犬になり、背中の黒い毛もすっかり薄くなった。父親はときどき船にセグを連れていき、仔犬のころから親しんだ海の香りを嗅《か》がせた。セグは老犬になっても躾《しつ》けを忘れず、大小便は必ず陸でした。

セグは五年前と同じように尼崎の水門で船を降り、いくら探しても見つからなかった。また半月経ったら帰ってくると淡い望みを抱いたが、二度とその姿を見ることはなかった。鎖につないでおけばよかったと思いもするが、セグはいつも船のデッキを自由に走りまわっていた。海で別れたのならそれもいい。

セグはほんとに賢かった。なにか芸を教えて、それができるというレベルの頭ではなかった。愛情が深く、常に飼い主のためを思って行動した。仔犬のころの丸々とした顔がいまも忘れられない。

セグを失ったあと、何年かしてコッカー・スパニエルを飼ったが、なにかにつけてセグと比較してしまう。セグならこんなときこうした、セグならこんなことはしなかった――。コッカー・スパニエルは知り合いの家にもらってもらい、以来、犬は飼っていない。わたしが三歳から十六歳まで、セグはいっしょに育ったのだ。

五十をすぎて、また犬を飼いたいと思いはじめている。セグのようなすばらしい犬にめぐり会いたいが、高望みはいけない。こちらが愛情を注げば、犬は必ずこたえてくれるだろう。

文句が多くて、すんません

　わたしの小説はものを食う場面が多いらしい。インタビューを受けるときは、たいてい、「おいしそうですね、モデルになったお店はあるんですか」と訊《き》かれる。

「いや、モデルなんかないんですわ。登場人物にもね」

　そう、なにもかも想像なのだ。店の造りから、出される料理、板前、仲居さんの着物の柄まで。

　それではなぜ、主人公たちは頻繁にものを食うのか――。

「場面転換と時間調整のためです。たとえば夕方に訊き込みをして、わるいやつが分かったとしても、その足で行ったら、トラブルになるかもしれん。まだ日のあるうちからケンカさせるわけにもいかんので、どこか、適当な店に入らせるんです。それでもまだ日が暮れんかったら、キタやミナミで酒を飲ませる。そんなふうに時間調整をしてから対決場面をもってくる。……主人公に食わせるのはファストフードやなくて、ちゃんとした料理屋のものが多いです。読者に紹介したいから。その意味では、読者が、あの店かな、と想像してくれるように書いてるかも知れません」

わたし自身は料理に思い入れがないし、いわゆる名店といったものにはまるで興味がない。編集者との打ち合わせで大阪市内に出るのは月に一回くらいだし、編集者が選んでくれる店なので、その店を憶《おぼ》えることはない。わたしひとりで行くこともない。飲み屋は馴《な》染《じ》みの店でないとおもしろくないが、大阪の食べ物屋はどこに入っても、ほぼまちがいなく旨《うま》い（大阪でコストパフォーマンスがわるく、味がもうひとつの店はすぐにつぶれる）。

東京は月に二、三回行く。大阪と比べてちがいを感じるのは、まず味つけが濃いこと（このあいだ、編集者に連れられて某老舗中国料理店に入ったが、あまりに塩辛いのでびっくりした）。次に鮨《すし》屋と豚カツと焼鳥の店が多いこと。そうして、客ひとりあたりの居住空間が狭いこと（地価が高く、ひとが多いのだから当然だろうけど）。

東京で旨いのは鰻《うなぎ》だろう。蒸してあるから脂が少なく柔らかい。鮨も旨い（酢飯があまり甘くないから）。泥鰌《どじょう》も旨い。上野あたりでは丸鍋（これは手間がかかっている）が食えるが、大阪には柳川鍋しかない。

大阪で圧倒的に多いのは粉もの屋だ。お好み焼き屋とたこ焼き屋はどこにでもある。しかしながら、お好み焼きというのはシンプルな料理であるだけに、店によって味の差が大きい。ガイドブックに載り、全国展開している店でも、不味《まず》いところは不味い。とりわけ差を感じるのは究極のシンプルである焼きそばだとわたしは思う。

「そうですねん。食い物に思い入れがないというてるくせに、けっこう文句が多いんです。すんませんね」――。

持たない三点セット

わたしは社会人が外に出るときに必携ともいうべき、スマホ（携帯電話）・クレジットカード・財布の三点セットを持っていない。それをいうと、たいていのひとに、ほんとですか、といわれるが、わたしは子供のころから嘘《うそ》のつけない体質で、道で十円玉を拾ったときは交番に届け、百円玉を拾ったときは、これは天からの贈り物やと、自分に嘘はつかなかった。

宿題をしなかったときは、忘れましたと先生にいい、女の子のスカートめくりをしたときは、ぼくがしました、と正直にいったから、廊下に立たされる回数は学年でぶっちぎりのトップであり、職員室に立たされてさらし者にされたのも十回や二十回ではきかない。とりわけ、小学校五、六年の担任とは相性がわるく、通知簿にはいつも協調性皆無と書かれ、授業中にふらふら立ち歩いたりするから、小学生にして一日、停学になったこともあるが、母親はまるで動じず、変わった先生やな、と笑っていた。

話がずれた。三点セットだ——。携帯を持たないのは、電話そのものが大嫌いなのと、ところかまわずかかってくるからで、こちらが欲してもいないのに電話に出て、はいはいと声だけは機嫌よさそうに返事をするのはまことにうっとうしい。

家にかかってくる電話も、受話器が手のとどくところにあればとるが、いちいち立ってまでとることはしない。ほんとうに必要な用件なら、メールかファクスが来る。

それと、携帯を持つと位置情報が洩《も》れる。なにより恐れるのは、よめはんからかかってきて、どこにいるの、と訊《き》かれることで、それだけは勘弁してもらいたい。麻雀をしているときによめはんの声を聞いたらチョンボをするから現実的被害も生じる。そう、携帯やスマホがたいそう便利なグッズだという認識は当然あるが、それらを持たなくても仕事ができるのは家に閉じこもって大嘘ばかり書いている作家の既得権益であり、その利権を享受しない手はないと、わたしは考えている（同調するひとはまずいないと思う）。

クレジットカードを持たないのは、カードを作るときにプライバシーを侵害されるからだ。私企業のくせに税務署で所得証明をとれとか、銀行の口座を書けとか、カスタマーに対して理不尽な要求をしたあげくに、年会費まで寄越せという。んなもんは要らんわい。

財布を持たないのは、船乗りだった父親の教えだ。大の男が人前で財布から札を出し、なおかつ小銭入れから硬貨を数えて出すのはみっともないといわれた。だから、わたしは父親の言いつけを守って財布を買ったことがない。キャッシュカードやレンタルビデオのカードは薄手の名刺入れに挟み、札と小銭はズボンのポケットに入れている。

　二十年ほど前、雨の日に車でミナミへ行き、友だちと飯を食って駐車場にもどったら、車のそばに水に濡《ぬ》れた一万円札が三枚も落ちていた。これはラッキーと拾って家に帰り、よめはんに報告したら、半分よこせという。そらあんまりやろ、と一万円を進呈したが、あとでズボンを見ると、持って出たはずの金が三万円足りない。なんのことはない、自分が落とした札を自分で拾ったのだった。

装幀について

このところ、オカメインコのマキの甘え方がすごい。台所はもちろん、リビング、トイレ、風呂場、よめはんの画室、麻雀部屋と、どこにでもついてきて、遊べ、遊べという。ご機嫌で歌をうたいながらそばを歩きまわっているうちはいいが、よめはんとふたり麻雀をするとき、自動卓の上で牌を蹴ったり、点棒やチップを拾って投げたりするから困る。「マキ、お昼寝しよ」と、なだめすかして仕事部屋に連れていくのだが、マキを残して部屋を出ようとすると、それを察知して、わたしの肩にとまる。いっときもわたしとよめはんのそばを離れようとしないから、また麻雀部屋にもどり、どちらかがマキを頭にのせて麻雀をすることになる。頭にフンをされても耳をかじられても、マキはかわいい。

そんなある日——。麻雀が終わって部屋を出ようとしたとき、床に積んである本の山につまずいた。山はくずれて本が散乱する。その多くは同業の作家からの贈呈本だから放っておくわけにはいかない。いままで床置きにしていたことも申しわけないと思い、まずは地下室に行ってスチール製の書棚をひとつ空にした。えっちらおっちらと書棚を麻雀部屋に運び込み、固絞りの雑巾できれいに拭く。しかるのち、ガラス扉の本棚の隣に据えたあたりで、わたしは電池が切れた。子供のころからしんどいことをすると無性に眠くなる。

仕事部屋にもどって昼寝をした。目覚めたのは夕方で、マキといっしょに階下に降りた。よめはんにマキを預けて麻雀部屋に入り、作業のつづきをする。

ガラス扉の本棚から整理した。作家別に本を並べていく。久々に手にとった本にはそれぞれに思い出がある。これは○○さんが△△賞をとった本やな――とか、これはストーリーとキャラクターがよかった――とか、この本は映画もよかった――と、何ページか読んだりもする。そうして作家別に本を並べたとき、装幀に思いが至った。どこかしら作家ごとにスタイルがあるのだ。各々《おのおの》の作家が好むブックデザインかもしれない。

感心したのは小池真理子と桐野夏生だった。このおふたりの本の装幀にはほとんど外れがない。どれも上品で色調と構成に落ち着きがあり、タイトル文字もよく考えられている。小池真理子なら『モンローが死んだ日』か。なにげない窓の写真にタイトルをのせた装幀がシックで静謐《せいひつ》だ。

桐野夏生は『アイムソーリー、ママ』か。森山大道の写真を使い、強い色調の中にアートを感じる。小池さんも桐野さんも装幀を編集者任せにはしていないはずだ。

ほかにもみごとな装幀の本はいっぱいある。

東野圭吾の『白夜行』。くすんだ黄色に白い箔《はく》をのせたタイトル文字が映える。

宮部みゆきは『ブレイブ・ストーリー』上下か。ポップかつアートだ。

髙村薫は『空海』。清澄、孤高を感じる。

道浦母都子は『光の河』。著者が智内兄助《ちないきょうすけ》の絵を依頼したときく。

朝井まかては『雲上雲下』。装画がかわいい。

ちなみに自作では文庫本の『国境』上下だろう。装幀家・多田和博の最高傑作だと思う。

たーやんとは数限りなく麻雀をしたが、彼の本分はあくまでも装幀であり、その作品はどれもすばらしい。たーやんは必ず本を読みとおしてから装幀をした。

自作の『後妻業』で、たーやんがよめはんの父親をモデルにした絵を使ってくれたのは、わたしのたってての頼みだった。

仕事と音楽

これまでのわたしの作品にテーマ曲はない。イメージする曲もない。そもそも机に向かっているときに音楽は聴かないし、聴くと頭の中が歌になる。洋楽ならまだいいが、日本の曲だとついつい歌詞が耳に入ってしまう。

♪泣きながらちぎった写真を　手のひらにつなげてみるの――。

そうか、これはロストラブした女の子の歌やな。いったんは別れたけど、ふっきれてないみたいや。しかし、どっちから別れたんや。男か、女か、両方か。男は未練たらしいけど、女も写真をつなげたりするんかな。また会いたいと思たら、あんたのほうから連絡するほうがよろしい。そう、恋愛の力関係において主導権はいつでも女にある。あんたがやりなおしたいというたら、男は尻尾ふってついてくる。そういうもんやで――。

待たんかい。なんで、おれが人生相談せないかんのや。おかしいやろ。

はなはだしく原稿書きの邪魔になる。もともと頭の許容量が小さく、ものごとに集中できないタイプだからなおさらだ。

普段は聴かないクラシックやジャズでも、耳に入ってくる（よめはんはアトリエでジャズを聴きながら仕事をする）と反応してしまう。あれはなんや、マイルス・デイヴィスか。マイルスは亡くなって何年になるんやろ。マイルスは絵も描いたけど、味があったな。そういえば、いおりん（藤原伊織）も絵を描いた。いおりんが絵付けした花瓶も素朴な味がある。いおりんにもろたあの花瓶、あほみたいに大きいから傘立てにできるな——。

ちょっと待て。なんでマイルス・デイヴィスが傘立てなんや。いらんこと考えてんと原稿書かんかい……。ぶつぶつ独りごちる。よめはんがそれを見て「空也上人《くうやしょうにん》や」という。

鎌倉期の写実彫刻『空也上人立像《りゅうぞう》』——。念仏を唱える口から六体の小仏が出ている。

胃カメラ

毎年、よめはんとふたりで人間ドックに行く。ふだんから降圧剤と前立腺の薬を服《の》み、高脂血症、高コレステロール、高尿酸値の身としては、そんなもの行きたくないのだが、行かないとよめはんに殴られる。よめはんは胃カメラより怖い。わたしは去年の夏、胃カメラでひっかかったのだ。

胃カメラが好きなひとはいないと思うが、わたしはあれを吞むとき七転八倒する。ゲーゲーと吐きもどしがきつく、がんばってもがんばっても、あの管が食道に入らない。ドロップのような麻酔薬を舐《な》めて喉を痺《しび》れさせるのだが、それでもゲーゲー吐きもどす。あまりにひどいので、一昨年は吞むのを途中でやめ、それに懲りて、去年は経鼻の細い胃カメラにしたところ、なんとか吞むことができた。

モニター画像が映しだされ、カメラが食道から胃に入っていく。わたしは涎《よだれ》をたらし、涙を流しながら画像を見る。

　そうして胃をひととおり見たあと、カメラを操る医者の手がとまった。隣でモニターを見ているもうひとりの医者に「ここ、隆起してるね」「してますね」「ここもしてるよね」「してます」――。ぼそぼそ喋《しゃべ》ってはいるが、わたしにも聞こえる。画像を見ると、確かに胃壁にぷっくり膨らんでいる腫れが二カ所あり、ひとつは血がついていた。こらあかんぞ――。わたしは思った。

　胃カメラが抜かれたあと、わたしは医者に訊いた。

「なんかあったんですか」

「いや、これは人間ドックですから」

　医者は言葉を濁して、結果は二週間後に話すといった。

　二週間も待っていられないわたしは、その日のうちに胃カメラの画像をディスクに録《と》ってくれといい、三日後にディスクを持って大阪市内の主治医のところに行った。主治医は画像を見るなり、阪大病院に電話をし、消化器外科宛の紹介状を書いてくれた。そうか、おれは胃ガンなんや――。わたしは覚悟を決めた。

　週明け、わたしは阪大病院へ行った。消化器外科の医者はディスクの画像を見て、早期の胃ガンは内視鏡手術で対応できるといい、消化器内科を受診するようにいった。

わたしは消化器内科にまわり、そこで再度の胃カメラによる検査と生検を指示された。

家に帰って、よめはんにいった。

「やっぱりそうらしい。けど、内視鏡でとれるみたいや」

「ピロリ菌がないのにガンになるの」

「しゃあない。そういうこともあるんやろ」

検査、検査はうっとうしい。さっさと診断をくだして、とっとと手術してくれと思った。

一週間後、阪大病院でまた七転八倒しながら胃カメラを呑んだ。結果は異常なし。消化器内科の医者がいうには、人間ドックの検査のとき、カメラの先で胃壁を傷つけたか、胃液を吸い出したときの『吸い玉』が隆起の原因ではないかということだった。なんのことはない、人間ドックが患者を作ったのだ。

わたしはしかし、腹は立たなかった。これは暴飲暴食をやめて身体にもっと気をつけろという警告やろ——。

病院へ行くたびに付き添ってくれたよめはんにあらためて感謝し、一カ月の皿洗いと、くずダイヤのイヤリングをプレゼントすることを約束した。

そんなこんなで今年の人間ドック——。経鼻の胃カメラでまた怪しいところが見つかった。医者に経口の胃カメラと生検を指示され、よほど断ろうかと思ったが、その性根がない。わたしはへなへなと頭をさげ、全身麻酔の胃カメラをしてくださいといったが、そんなものはない、と医者は冷たくいった。

で、またまた経口の胃カメラ。わたしはベッドに横になり、風呂場の排水口の部品のようなプラスチックの管をくわえさせられた。看護師が睡眠薬です、といい、腕に注射をする。あっというまに意識がなくなり、目覚めたときは検査が終わっていた。こんなに楽なんやったら、毎年、睡眠薬を打ってくれ――。

幸いにして、生検の結果は異常なしだった。

震災の朝

一月十七日、早朝、私は照明もワープロもつけっ放しにしたまま、炬燵《こたつ》に横になって眠っていた。ふいに部屋が軋《きし》んだと思ったら、突き上げるような激しい揺れに襲われて眼が覚めた。

地震やな。かなりきつい。——正直なところ、恐怖感はなかった。いままでに体験したことのない強い揺れだったが、十秒もしないうちにおさまり、あとは船に乗っているような、ゆらりゆらりとした揺りもどしがきた。

「あんた、地震や」

ドアが開いて、パジャマ姿のよめはんが顔をのぞかせた。少し怯《おび》えている。

私はよめはんといっしょに階下へ降りた。ガスの元栓を閉めて、テレビのスイッチを押す。たぶん六時前まで待ったと思うのだが、ようやく画面に近畿の地図が映って、淡路島、神戸が震度6。豊岡、京都が震度5。大阪、奈良、舞鶴、鳥取、岡山は震度4。音声で、津波はない模様、といっていた。

「へーえ、震度4かいな。けっこう揺れたんやで」

「余震はないんかな」

「あっても本震より大きいことはないやろ」

私は二階へ上がった。部屋に入ると、枕にしていた座布団の上にオーデコロンの瓶《びん》がひとつ落ちている。拾い上げて、また炬燵に入った。すぐに眠り込んで、余震には一度も気づいていない。よめはんに叩《たた》き起こされたのは十時前だった。

「たいへんや。高速道路が倒れてる。神戸がむちゃくちゃや」

「へへっ、嘘《うそ》ついとるな。その手はくわんぞ」

「ほんまやて。長田は大火事なんや」

私は下へ降りてテレビを見た。なんと、神戸はほんとに壊滅状態だった。見憶《みおぼ》えのある三宮や元町のビルが倒壊している。燃え上がる炎、空は煙でまっ黒だ。

まさか、こんなことは想像もしていなかった。直下型地震の特徴といえばそれまでだが、活断層から離れた南河内《みなみかわち》に、被害らしい被害はなかった。大阪は一律に〝震度4〟と報じられているが、豊中や池田には多数の倒壊家屋があるという。

私は電話をとった。通話音は聞こえず、ダイヤルボタンを押しても応答がない。親戚や友人が芦屋や西宮に住んでいるのだが、その安否を知るすべがない。テレビでは、不要不急の電話はかけないよう訴えている。車で阪神間へ向かうな、ともいっている。

よめはんの実家は大阪市内の此花《このはな》区、私の実家は大正区だ。どちらも老人だけの世帯で、気がかりだが、電話は通じない。

「とりあえず、行けるとこまで行こ」

車に乗って家を出た。阪神高速道路がストップしているため、渋滞がひどい。それでも二時間あまりかかって、国道二十六号線から大阪市内に入った。大正の実家に着くと、母親は薄暗い居間で携帯ラジオを聞いていた。

「ああ、来たんかいな。よう揺れたな」

「大丈夫か」

「棚の荷物がなんぼか落ちた。朝からずっと停電なんや」

「二、三日、うちに来るか」

「心配せんでもええ。神戸の人に較《くら》べたら、どうってことない」

そう、母親のいうとおりだ。

私とよめはんは此花に走った。いつもなら十五分なのに、一時間近くかかって実家に着いた。義母は朝から電話にかじりついて親戚中に連絡をとっていたという。よめはんの親戚は豊中の庄内近辺に多いせいか、どこも家具が倒れて足の踏み場もないらしい。神戸や阪神間の被害はいうまでもないが、大阪も南から北へ上がるにつれて被害が大きいようだ。

それからの三日間、私は二十四時間、テレビをつけっ放しにしていた。この震源地が大阪南部だったらと思うと背筋が寒くなる。日々、増えていく死傷者の数に慄然《りつぜん》とした。あちこちの大学から教授先生がしゃしゃり出てきて「私もこの地震の可能性を指摘してきたんですが」というのを聞くと無性に腹が立った。ああいった輩《やから》のご託宣は八卦《はっけ》や占いとなんら変わるところがない。

震災から二週間すぎて、私は友人の見舞いに神戸を訪れた。大阪駅からＪＲ東海道線を西に進むにつれて、屋根を覆った青いビニールシートが目立ちはじめ、倒壊家屋が多くなる。ビルもアパートも一軒家も斜めになっていた。

三宮から乗ったタクシーの運転手の言葉が強く印象に残っている。

「五日ほど前に乗りはった須磨のお客さんがね、『地震の瞬間、死ぬかと思た』というんですわ。それで私、そのお客さんにいうたんです。『そんなこと考える余裕があって、よかったですね』と。……私の住んでた東灘《ひがしなだ》の団地、全壊ですわ」

運転手は、どこをどうやって外に這《は》い出したか分からない、と笑いながらいった。

わがまち大阪・浪速区
――金は無くとも、ぶらりぶらりとジャンジャン横丁

いまから四十余年前、梅田の地下街でひっかけた名も知らぬ女子に童貞を捧げた若き美少年だったころ、京都の美大を受験してみごと落選したわたしは天王寺の美術系予備校に通っていた。鉛筆デッサン、石膏《せっこう》デッサン、色彩構成、立体構成と、講師にいわれるままに課題をこなし、授業が終わると、お友だちの若山と連れだってパチンコへ行く。

わたしはパチンコの打ち筋がきれいで玉が〝天〟のあたりに集まるのだが、めったに勝つことがない。若山はバラバラに打って、なぜかしらん、よく終了した。当時、終了すると三千円くらいにはなったから、歩いてジャンジャン横丁へ行き、勝ったほう（ほとんど若山）の奢《おご》りで串カツを食った。〝ソース二度づけお断り〟の串カツは、ひとり七、八百円もあればゲップが出るほど食えた。

そうして腹ごなしに横丁を歩き、将棋倶楽部《クラブ》やビンゴゲーム屋を見物する。ビンゴは大

きな透明タンクに入れられたボール（たぶんピンポン玉に色を塗り、数字を書いてあった）が下からの空気に吹きあげられ、透明のチューブに落ちて、ゆっくり横に転がっていく。それをマイク片手の年増のおねえさんが読みとって、ニジュウイチバーン、ヨンジュウハチバーンと、独特の口調で読みあげる。ビンゴの商品は憶《おぼ》えていないが、たくさんの客が集まっていたところをみると、どこかで換金していたのかもしれない。なかなかに風情のある光景ではあった。

　ビンゴ屋の近くには弓道場もあった。そこにも看板娘のおばさんがいて、矢が的に当たると商品をくれる。一度、試してみたが、素人が和弓を射てもまともに飛びはしない。弓とアーチェリーはまったくの別物だった。

　あのころのジャンジャン横丁を行き交っていたのは、角刈りにねじり鉢巻き、V首長袖シャツにニッカボッカー、地下足袋《じかたび》や長靴といったおじさんたちで、ワンカップ酒を手に煙草《たばこ》を吸っていたりすると、もうめちゃくちゃ街の風景に馴染《なじ》んでいた。わたしが美大で四年間、鉄筋工のバイトをしたのはその影響があったのかもしれない。

　動物園にもよく行った。北園、南園をひとめぐりし、休憩所でかき氷を食う。園内にはその日の仕事にあぶれたおじさんたちがいて、芝生で昼寝したりしていた。若山とわたしがそばに座ると、おじさんは顔だけこちらに向けて、

「にいちゃん、学校サボッたらあかんやろ」

「ぼくら、浪人ですねん」

「勉強、できんのか」

「ま、そうです」

「ええ若いもんがぶらぶらしてんと働けよ」

ぶらぶらしてんのはあんたやろ——。

「今日は現場、休みですか」

「わしはな、動物が好きなんや」

「そうですか」

「けど、かわいそうやのう。狭い檻《おり》に閉じ込められてどこへも行けん」

「ほんまですね」

「けど、寝とっても餌くれるのはええな」

「かもしれませんね」

そんなふうに、ねじり鉢巻きのおじさんたちにはよく話しかけられたし、ときには焼鳥や焼酎をごちそうになることもあった。

美大を出て就職し、よめはんといっしょになってからも動物園や新世界界隈《かいわい》にはけっこう行った。よめはんは此花区《このはな》の生まれだが新世界を知らなかったので、ジャンジャン横丁や飛田《とびた》商店街をおもしろがった。あいりん総合センターのあたりには〝泥棒市〟と称する露店が並び、左右不揃《ふぞろ》いの長靴やよれよれの作業服が百円、二百円で売られていた。

美術館の周囲はいまのような柵はなく、天王寺公園も出入り自由で、おじさんたちがよく酒盛りをしていた。カルカッタやマニラ、ホーチミンを彷彿《ほうふつ》とさせるアジア的情景は大阪ならではの値打ちものだったが、花博を理由に閉鎖され、有料の施設と化してしまった。無粋な施政によって大阪の街はどんどん色褪《いろあ》せていく。そもそも、あの新世界にフェスティバルゲートのような人工娯楽施設が成り立つわけがない。

高校教師を辞め、作家専業になってからも新世界には年に一、二回、行った。ジャンジャン横丁で串カツを食い、フリー雀荘や将棋倶楽部に寄る。将棋倶楽部で席主に段位を告げると、適当な手合いを組んでくれる（わたしは二・五段くらい）のだが、倶楽部にたむろする連中は勝負が辛《から》く、いつもわたしが負け越した。将棋はパソコンでもできるが、やはり人間相手のほうが愉《たの》しい。

新世界から日本橋《にっぽんばし》のでんでんタウンへまわることも多かった。中古のビデオショップで一本百円の映画ビデオを買い、オーディオ専門店でアンプやスピーカーを試聴する。わたしはマニアではないから真空管アンプや大口径スピーカーの魅力は分からないが、ワンセット三百万、四百万と聞くと、音がいいような気がしてしまう。近ごろのでんでんタウンは電器店がフィギュアショップに変わり、アーケードを行き交う買物客は色白、小肥り、眼鏡にリュックの若者が増えた。日本橋がミニ秋葉原になってどないするんや、え――。

今回、このエッセイを書くために、久々に新世界へ行った。動物園前駅から地上に出て、環状線のガードをくぐる。ガード下に出店はなく、ペイントも塗り替えられてずいぶん明るくなっていた。ジャンジャン横丁はシャッターを閉じた店もあるが、人通りは多い。串カツ屋の前には行列ができていた。ガイドブックを持ったミニスカートのおねえさんと眼が合ったので愛想笑いをすると、おねえさんはすっと横を向いた。怖い顔でわるかったな、おい――。観光客だらけのジャンジャン横丁は、わたしには寂しい。

通天閣のほうへ歩いていくと、スマートボール屋がゲームセンターに変わっていた。スマートボールは緩《ゆる》くてレトロで、こんなに釘《くぎ》曲げてたら入るわけないやろ感いっぱいだったが、やはり時代には勝てなかったようだ。ゲームセンターに入ってみたら、客はひとりしかいなかった。

ひところお世話になったビデオショップもなくなっていた。カセットのほとんどはポルノ系で、店のおやじに「あっちは?」と訊くと、「こっち」と手招きされ、陳列棚の裏からご法度の裏ビデオを出してきた。ダビング物で映像はひどかったが、千円もしなかったと思う。いまも二、三本、家にあると思うが、『花のときめき』とか『春うらら』といったきれいなタイトルなので、よめはんには見つからないだろう。

通天閣には修学旅行とおぼしき中学生の団体がいた。エレベーターを待つあいだ、テイクアウトの焼きそばやたこ焼きを食ったりしている。むかしはこの地下に将棋道場があり、伝説の真剣師、大田学が一局五百円の指導料で指してくれた。大田さんは近くの旅館を定宿とし、九十すぎまで生きたという。

通天閣からジャンジャン横丁にもどり、飛田商店街からあいりん総合センターまで足をのばした。泥棒市は見あたらず、おじさんたちはみんな齢《とし》をとっていた。ドヤはアパートやレンタルルームに改装され、〝生活保護申請〟の知らせが目立った。南海電車のガード下は小便の臭いが漂い、乳母車に犬を乗せたおばさんがゆるゆる散歩していた。

日本のアジア健在なり。世の趨勢《すうせい》に負けてはならじ、と切に願った。

個性派ぞろい、大阪アート

美術教師としての十年間

一九七三年に京都芸大の彫刻科を卒業し、四年間、大手スーパーの店舗意匠課に勤めたあと、大阪府高校教員採用試験を受けて美術の教師になった。学生のころの専攻は抽象彫刻だったが、美術教諭はカテゴリーにかかわらず、いろんなことを教えないといけない。平面——油絵、水彩画、版画など。立体——具象彫刻、抽象彫刻、その他造形。デザイン——主としてグラフィック、オブジェなど。工芸——染織、陶芸など。つまりは〝美術の匂いのするものはなんでも〟であり、基本は生徒に〝なにかを作らせる〟という教科だから、自分なりに勉強はした。世界の美術史、日本の美術史を本で読み、染織や陶芸はプロの染織家や窯元《かまもと》に行って、糸の染め方や織機の構造、轆轤《ろくろ》の技法や釉薬《うわぐすり》の発色など、イロハから教えてもらった。美術準備室に窯を設置し、生徒が作った粘土の作品を徹夜で焼成もした。多くのひとがイメージする美術のセンセイらしく、油絵だけを教えていれば簡単だったのだろうが、あのころは若かったから、いろんなことに興味があった。教師をつづけながら年に一度は個展（ステンレスや真鍮《しんちゅう》を使った抽象彫刻）を開き、ミステリーを書き、二足の草鞋《わらじ》が履けなくなって退職したが、美術教師としての十年間はずいぶんおもしろかったと、いまにして思う。

日本最大の芸術作品〝太陽の塔〟

大阪万博は芸大一回生の春から秋にかけて開催されたが、新聞やテレビで見るのは〝本日の入場者数〟と〝行列〟ばかりで、行ってみたいとはかけらも思わなかった。よめはんはどこかのパビリオンでバイトのコンパニオンをしていたらしいが、そのころはまだつきあっていなかったので、誘われることもない。いちばん人気だったアメリカ館の月の石など、ばかばかしくて見る気もしなかった。

太陽の塔をはじめて間近に見たのは、万博跡地が整備されて万博記念公園になり、国立民族博物館（民博）が開館された一九七七年の秋だった。民博は当然、おもしろかったのだが、なによりも太陽の塔に圧倒された。とにかくデカい。ひとつの芸術作品としてはまぎれもなく日本最大で、制作した岡本太郎の才能もさることながら、岡本を展示プロデューサーに推薦した建築家丹下健三と、この制作を推進させたサブプロデューサーの小松左京に感心し、よくぞ、こんなとてつもないものを（おそらく周囲の反対を押し切って）岡本の思うがままに作らせたものだと感謝した（――これと同じ趣旨の建造物が大阪にある。フンデルトヴァッサーのデザインによる、大阪市環境局・舞洲工場というゴミ処理場と、少し離れたところにある環境局・舞州スラッジセンターで、その規模といい奇抜さといい、まことにすばらしい）。

というようなことで、久々に太陽の塔を見に行った。相も変わらず、ばかデカい。高さは七十メートル、基底部の直径が二十メートル、腕の長さが片腕二十五メートル、太陽の塔の直径が十・六メートル、眼の直径が二メートル、正面胴体部の太陽の顔の直径が十二メートル、背面の黒い太陽の直径が八メートル――である。現在（二〇一七年）は内部公開のための耐震改修工事中で、下部が鋼矢板《こうやいた》に囲まれており、すぐそばには寄れなかったが、金箔《きんぱく》が貼られた顔は陽の光を反射して輝き、メンフクロウの顔のように見えた。そう、太陽の塔はかわいい。ばかデカいくせに、どこかしら愛敬《あいきょう》がある。大阪城、通天閣に並ぶ大阪のシンボルだが、愛敬ではこれがいちばんだ。改修工事がおわったら、また見に行きたい。岡本太郎畢生《ひっせい》の〝芸術は爆発だ〟を。

〝浮遊する彫刻〟のフロンティア――西野康造の抽象彫刻

西野康造は京都芸大彫刻科の二年後輩で、学生のころはよく麻雀をした。西野は麻雀が弱かったが、いつもにこにこして人懐《ひとなつ》こい、気のいい男だった。西野は大学院を出てからも就職せず作品を発表しつづけていたが、須磨離宮公園現代彫刻展、現代日本彫刻展、中原悌二郎賞などで入賞、受賞を重ね、メジャーになっていった。西野の作品はスケールが大きく、動くもの、浮遊感のあるものが主体で、そのためには作品の重量が軽くないといけない。素材はチタン合金の線材と管材が多く、それらをトラス構造に組み上げて溶接し、立体にする。工房は亀岡にあり、体育館のような広い空間にシャーリングやアルゴン溶接機などの工作機械を据えているから、初めてそこを訪れたひとは鉄工所だと勘違いするかもしれない。

西野は美術館や自治体の公園やビル、広場といった公共空間に設置される〝パブリックアート〟を多く手がけてきたが、その代表作は現在のところ、ニューヨークの『4ワールドトレードセンター』メインロビーにある《スカイメモリー》だろう。広大なエントランスホールの床から約七メートルの高さに、直径三十メートルのチタン製の半円が、黒色花《か》崗岩《こうがん》の壁面からロビーに突き出している。支点は壁面のただひとつ。天井から吊《つ》られることもなく、巨大な半円の構造物が空中に浮遊しているのだから驚く。重力を感じない。そこが西野の狙いであり、キャンティレバーで一点を支えられた、ゆらゆらと動く彫刻が西野の真骨頂だと思う。

　大阪の曽根崎、お初天神の南参道に近い梅新第一生命ビルのオープンロビーに西野の作品がある。吹き抜けの天井から《スカイメモリー》に似たトラスの造形物が吊るされている。オープンロビーを歩くひとが上を見あげると、なにかしら違和感のある、それでいてフォルムのきれいな虹色の〝もの〟に気づくさりげなさで、いかにも現代彫刻です、といった押しつけがましいところがまったくない。気づくひとは気づく、気づかないひとはいつまでも気づかないでいい――と、そこがまた西野らしいといえるだろう。ただ、繊細な手仕事を見るには、もう少し低いところにあってもいいのではないかと、わたしは感じた。賑《にぎ》やかな人通りの多い街なかに、ふと見あげればアートがあるというのも、またおもしろい。

　西野は美術評論家・建畠《たてはた》晢《あきら》氏によるインタビューでこういっている――。「重力からの解放というのが僕の中にありまして、見る方が頭ではなくて五感で感じると言いますか、そういう世界が僕の中で表現したいものの中心を占めています。重力から解放されたときの皆さんの表情を見ていると、なんか楽しいんです。身体が揺れる……とか、それを体感していただくことの、僕の中の喜びというか。基本の考え方としては、実際はあり得ないのですけれども、質量をゼロにしてものをつくりたいという思いは常にあります」と。

同じように抽象彫刻を制作していたことのあるわたしには、西野の思いがよく分かる。がしかし、この理想を作品として具現化するのはものすごくむずかしい。これからもずっと〝動く彫刻〟〝浮遊する彫刻〟のフロンティアでありつづけて欲しいと、心から思う。

クールモダンな屏風絵

『日月山水図《じつげつさんすいず》』を知ったのは高校教師になったころだった。こんな斬新で独創的な屏風が大阪の河内長野《かわちながの》にあり、しかもそれがのちの桃山時代ではなく、室町時代に描かれたものだと知ってうれしかった。美術本や図鑑で宗達の『松島図屏風』と、それを模した光琳の『松島図屏風』を見るたびに、宗達は『日月山水図』を倣《なら》ったのではと思った。宗達の『風神雷神図』が三十三間堂の風神、雷神像の姿形を取り入れて描かれたと同様に、宗達は『日月山水図』の影響を受けて『松島図屏風』を描いたのではないか。宗達のそれは、日本三景の松島を描いたものではなく、かつては『荒磯屏風』と呼ばれており、大阪の住吉付近の海岸を描いたものと見られているが、宗達が『日月山水図』を見て構図や波頭の表現に取り入れた可能性もなくはないと、わたしは考えている。宗達は紛れもない天才だが、その天才の中にはアレンジの能力も当然ながら含まれているだろうから。

よめはんとふたり、河内長野の天野山金剛寺《あまのさんこんごうじ》へ行き、堀住職のご厚意で、『日月山水図屛風』二隻を間近に見せていただいた。すばらしい。図案風に描かれた海の中に釣鐘形の島山が重なりあってつづき、うねった松のあいだに桜花、紅葉、白雪など四季の景物を描き添え、一方に日輪、もう一方に月を配している。その雄大な構成と装飾的画趣は独創であり、波頭のひとつひとつが胡粉《ごふん》と銀泥《ぎんでい》で盛りあがっている。樹木のところどころに群青《ぐんじょう》が残り、それが山の緑青《ろくしょう》とあいまって実に美しい。遠景の空と雲は金銀の切箔《きりはく》や野毛《のげ》（箔を細く切ったもの）、砂子《すなご》などを複雑に組み合わせて撒《ま》いており、その技法はのちの桃山期の装飾蒔絵《まきえ》に通じるものがある。長い年月で銀箔が黒っぽく錆《さ》び、全体が茶色がかってはいるが、描かれた当初はどんなにか鮮烈でメタリックな、クールモダンな屛風であったかと想像できる。そう、クールであるがゆえに紅葉にも赤い色を差さず、全体を緑と銀で仕上げている。堀住職は土佐派の大和絵屛風でしょう、とおっしゃっていたが、作者が判ればすぐにでも国宝になるだろう（二〇一八年に国宝指定）。室町時代の琳派――。金剛寺の『日月山水図』をぜひ見ていただきたい。

万博公園、梅田、河内長野をめぐった夜は友人と約束があり、北新地で飲んだ。さんざっぱら歌ったあとは、いつものごとく麻雀。東の一局の荘家《オヤ》でいきなりチョンボをし、「そら慣れんことをしたからやで」と笑われた。朝まで打って大敗し、へろへろになって帰って寝たら、太陽の塔が飛んでいる夢を見た。丸い腕を伸ばして海の上を飛んでいた。

Ⅲ　麻雀・将棋・カジノ・そして運

悪銭身につかず――二十代の履歴書

人間、〝飲む〟〝打つ〟〝買う〟の三拍子そろっているのはめったにいない。私の場合、〝打つ〟に極端に傾斜していて、二十代のころをふりかえってみても、ほとんどその想い出しかない。

大学の頃は雀荘にいりびたっていた。朝は十時から夜中の十二時までぶっとおしで打ち、それでもあきたらずに、友人の下宿にころがりこんで、また打った。

一日二十四時間、〝打つ〟〝食う〟〝眠る〟だけのムシのような生活、それが何日続こうといっこうに堪《こた》えなかった。ばかみたいに体力があった。

麻雀は強かった。雀荘に出入りする土建屋のおっちゃんとか水商売のおにいさん相手に丁々発止《ちょうちょうはっし》の闘いを挑み、必ずといっていいほど勝った。

たいした稼ぎでもないのに、一時はこれで食えるのではないか、と半ば本気で考えていた。

要するにあほだった。気力・体力はあったけど、知力というものがまるでなかった。

卒業して会社に入り、今度はウマを本格的にやり始めた。土曜、日曜は競馬場へ行き、全レースを買う。馬券もなしにレース見物をしていられるほどの優雅さ、高尚さはもとより持ちあわせていなかった。

で、ウマはいつも負けた。会社の同僚から麻雀で召しあげた金をそっくりそのままウマに貢いだ。悪銭身につかず、世の中うまくまわっている。

——と、そんなふうに相も変わらず賭け事に耽溺《たんでき》しているのだから、会社の方はまじめに勤まりようがない。

年がら年中睡眠不足で、それを補うため、よくトイレで寝た。便器のフタの上に腰をおろし、ドアに頭をもたせかけて眠るのである。

思えばクサい生活だった。今考えると何とくだらない時間を送っていたのだろうとためいきをついてしまうのだが、後悔はしていない。

男の二十代なんてその程度のものであろうし、対象はどうであれ、なにかに打ちこんだことにはかわりないと、胸を張らずにいえる。

最近の麻雀は月に一、二回で、レートはピン。つまり、ハコわりで三千円。罪がない。

血の凍るような勝負はもうできない。むろん、徹夜なんて逆立ちしてもできない。ウマはとっくにやめた。負けてばかりなので嫌気がさした。水泳、ゴルフ、ビリヤード、ヨット、キャバレー、みんなやめた。小説は書き続けていきたいけれど、これは、ま、神様のおぼしめし。注文が来なくなれば、はいそれまで。

親父の将棋

　将棋は小学校一、二年生のころ、親父に教えられて覚えた。当時の親父は三級くらいの腕前だったと思うが、子供の私にとっては鬼のように強かった。

　夏の日の夕方、長屋の路地には縁台が出て、パンツ一枚の子供たちは、蚊取り線香のけむりにむせながら、わいわいがやがや将棋をした。戦法はみんながみんな棒銀で、飛車と銀だけの攻め。むろん、玉を囲うような高等なことは誰もしない。ときに双方が入玉したりすれば、これはもう泥沼の長期戦で、互いに歩を金にかえ、自陣に攻め入って、トッテッチテッテッターと白兵戦が始まってしまう。

　横で見ている連中も、夜更けて引き分けになるまで、あくびしながらつきあっているのだから、いくら他に娯楽の少なかったころとはいえ、のんびりした時代だったと懐かしく思い出す。

小学校も六年生になると、親父とどっこいどっこいの勝負をするようになった。親父は中飛車、私は矢倉と、得意の戦法もできて、親父が家にいるときはいつも駒を並べる。ひと晩に少なくても五番は指したろうか。一番につき十円くらい賭けた。負ければ、私も金を払う。

親父はよく待ったをした。あまり考えずにひょいひょい指すから、必ず悪手が出る。

「あ痛た、こらいかん、待ってくれ」

と、煙草をもみ消して、親父。

「あかん。真剣勝負をそうそう待ってられへん」

と、すいかをかじりながら、私。

「きたないぞ」

「どっちがきたないんや」

こんなやりとりのあと、けっきょくは待ってしまう。待たないと、親父は次の手を指さない。

私が中学生になると、親父は近くの将棋道場へ顔を出すようになった。レベルは初段格。私と頻繁《ひんぱん》に賭け将棋をして、棋力があがったらしい。私も近所の友達と指して負けることがなくなった。

私の高校、大学と、賭けはエスカレートして、一番千円にアップした。同時に、親父の待ったもますますひどくなって、私の次の指し手を見てから、

「待った。おまえがそう来るんやったら、この手は指せん」

「卑怯や。あんまりや」

「負けて金払うぐらいなら、卑怯といわれた方がええ」

いわれれば、それもそうだと、つい納得してしまう。

私が眼を離した一瞬に、親父が駒を動かすのは毎度の犯行だ。油断も隙もない。トイレへ行くときは盤面をじっくり頭に入れ、駒を握って立たなければならない。

あれは浪人のころだったか、親父に五連勝をして五千円をかすめ取ったことがある。よほど悔しかったのだろう、親父は札をポケットに入れた私をうしろからはがい締めにし、その拍子に私は、おふくろがりんごを剝《む》いて皿の上に置いていた果物ナイフを蹴ってしまった。ナイフは踵《かかと》の内側に刺さり、血が出た。

私は傷口に赤チンを塗り、絆創膏《ばんそうこう》を貼った。痛みはあまりない。親父は何もなかったというふうにテレビを見ている。と、そこへ呼びリンが鳴って、友達がやって来た。これから麻雀をしようという。私は五千円を持ち、下駄をはいて家を出た。

麻雀を勝ったか負けたかは覚えていない。三時間ほどたらたら打ったとき、

「あれっ、これ血と違う？」

店の女の子が足許を指さした。

私は椅子を引いて、下を見る。

黒っぽい血のりがテーブルの下一面に広がっていた。さっきから下駄が濡《ぬ》れているように感じたのは、私の血だったのだ。あまりの量の多さに眩暈《めまい》がする。どうやら、踵の静脈を切っていたらしい。

「えらいこっちゃ」

友達が騒ぎだした。麻雀どころではない。友達にかわるがわる背負われて、病院へ走った。看護婦は私を見るなり、貧血を起こしているという。二針か三針縫って、ぐるぐるに包帯を巻き、家に帰った。

「おれ、病院で足縫うてもろた」

おふくろに話をすると、

「五千円は治療費じゃ」

奥で親父の声がした……。

——もっとたくさん書くつもりが、親父のことで紙数が尽きた。賭け将棋で親子の対話がなされたなどときれいごとはいわない。

元船長の親父は七十になって、まだ元気だ。

カジノギャンブルの旅——黒野十一『カジノ』を読む

韓国のカジノに初めて足を踏み入れたのは二十五年前、プサンの海雲台だった。薄暗くて狭い、いかにも場末といったカジノで、日本人はわたしとよめはんのふたりだけ。客の大半は外国籍の韓国人とアメリカの軍人だったような記憶がある。当時はまだ戒厳令が敷かれていて、午前零時以降は市街を歩くことができず、わたしは朝の五時までルーレットをして給料の一カ月分ほどをスッた。眉のところに絆創膏《ばんそうこう》を貼った大男の用心棒がテーブルのあいだを歩きまわって客を威嚇《いかく》し、それが実にうっとうしかった。

翌日、わたしとよめはんはプロペラ機でソウルへ飛び、ウォーカーヒルのカジノでまた一カ月分を負けて、泣きの涙を流しながら日本に逃げ帰った——。

あれ以来、外国のカジノにはトータルして二十回近く行っただろうか。テラ銭のきついルーレットと、勝負の早いバカラには手を出さず、もっぱらブラックジャックをする。戦績は一勝二敗のペースで相当の損害を被っているが、それでもマシな方だと思っている。カジノギャンブルの鉄則は「ヒット・エンド・ラン」だと知りつつ、二日、三日とベットテーブルの前に座り込んでいるのだから、勝てるわけはない。『カジノ』の著者、黒野十一さんもそのあたりは知り尽くしていて、「客がグリーンのテーブルの上に乗せ、チップに替えた現金の二〇%は自動的にカジノの儲《もう》けになるのだ。最良の練達のギャンブラーでなければ、ごく短期間のつきに恵まれたもの以外は、ほとんど最初から負けたも同然の環境でカジノに入って行くのだ。カジノのあの華麗で胸がときめくような雰囲気の中で、現実にわれわれを取り巻いているのは、動く度、金を出す度、賭ける度にわれわれの財布を締めあげるハウス・エッジ（テラ銭）という怪物であることを忘れてはならない」と、喝《かっ》破《ぱ》している。

黒野さんはギャンブルに必勝法は存在しないといい、だからこそ、少しでもマイナスを小さくし、できればプラスにもっていけるよう、ゲームの要諦《ようてい》を懇切丁寧に解説する。たとえば、第四部の「必勝法と資金管理」では——。「長くやるほど負けが込む」「確率とオッズ」「ハウス・エッジ」「カジノ・ドロップ」「つき、幸運の問題」「大きく賭けるか、小さく賭けるか」「一流ギャンブラーの資格」「システム戦法」「総原資、ミニバンク、賭金の上限・下限」「ロバーツの三方法」「カードーサの三原則」「スパニアの資金管理法」

など、平易な語り口で、いちいち感心させられることが多く、初心者からベテランまで、カジノファンには絶好の指南書だといえる。

また、第一部の「興奮と欲望うず巻くカジノ」における、ギャンブルの歴史、国別・地域別概観——。

第二部の「ゲームの紹介」における、ルーレット、バカラ、クラップス、ポーカー、スロットマシン、キノなどのルールと歴史、競技法——。

第三部の「ゲームの紹介—2」における、ブラックジャック、カードカウンティングの基礎と作戦——。

その知識と主張には間然するところがない。

そうして、圧巻の第五部は、通信社の記者だった黒野さん自身が世界のカジノを駆けめぐったルポルタージュ風の読み物になっていて、これが実におもしろい。ナイロビやブダペスト、パラグアイなどのカジノ紀行からクルーズシップ・カジノ、空港カジノまで、よくもまあ、これだけの探訪をしたものだと驚嘆する。カジノのようすはもちろんのこと、街の佇《たたず》まいから、そこに住む人々の気質、食べ物、社会情勢、経済事情など、すべてが手にとるように分かる。

あとがきで、黒野さんはいう——。

《「人生はギャンブルだ」などという過度の単純化は暴論、でたらめだ。私はそんなことを主張しようとは思わない。ただ、長くギャンブルをやっていると「運勢の上がり目、下がり目」「抵抗できない流れ」が実感できるようになる。また経験を積めば積むほど、流れの、潮の変わり目が分かるようになる気がする。》

カジノの負けは三桁

黒い川を渡って博打《ばくち》に行く――。

小学生のころ、父親に連れられて、よくパチンコ屋に行った。玉を十個ほどもらい、背が低いのでひとつずつパチンコ台に入れてレバーを弾《はじ》くと、たまに入賞して受け皿に玉が出てくる。それが少し貯《た》まるとチョコレートやみかんの缶詰に換えるのがうれしかった。子供がパチンコをしても、なにもいわれなかった。

高校二年で麻雀を覚え、高校三年からまたパチンコをはじめた。在学中はさほどでもなかったが、美大受験に失敗して晴れて浪人になると、毎朝十時前、浪人仲間がパチンコ屋に並んだ。開店するなり店内に走り込んで片っ端からチューリップを閉めていく。十台も閉めると、五十個の玉（百円だった）が三百個くらいにはなったから、それを原資に打ちつづける。なぜかしらん、わたしはパチンコが弱く、勝つことはほとんどなかった。

昼をすぎると、仲間が集まって近くの雀荘やビリヤード場に行く。わたしは麻雀でパチンコの負けを補塡《ほてん》したが、そんな自堕落な浪人が美大に行けるはずもなく、二度の受験に失敗したわたしは父親の内航タンカーに乗せられた。そうして、あまりの重労働に音をあげて、もう一度だけ受験する、と船を降り、それまでのデザイン科志望から彫刻科に変えると、運よく合格した。

晴れて美大生となったわたしは麻雀に耽溺《たんでき》した。寝ても覚めても麻雀牌が頭の中でガラガラまわっている。どこかで麻雀の場が立つと聞くと、なにはともあれ参加した。戦績は七勝三敗くらいのペースだったろうか。レートは高いほどよかった。

よめはんとは学校のそばの雀荘で知り合ったが、けっこう強かった（負けたときの金払いもよかった）。あれから五十年、いまのよめはんの麻雀は女性プロ雀士よりまちがいなく強い（それはなぜか。博打麻雀と競技麻雀は似て非なるものだから）。

初めてカジノに行ったのは二回生のときだった。マカオのホテル リスボア。一晩中、『大小』のテーブルに座って四万円勝ったのはビギナーズラックとしかいいようがない。あのあと、韓国のウォーカーヒルやマカオは三十回ほど行ったが、勝って帰ったのは数回しかない。それも負けるときは〇〇万円、勝ったときは〇万円だから、わたしのカジノにおける生涯収支は〇〇〇万円超えのマイナスになっているが、そのことでよめはんになにかいわれたことはまったくない。雀荘で知り合ったよめというのは実に（都合）よくできている。

ビギナーズラックといえば、よめはんとふたり、一度だけ行ったマレーシアのゲンティンハイランドとネパールのカトマンズのカジノでは〇万円ほど勝った。

競馬もビギナーズラックがあり、三回生のときに初めて買った三レースの馬券（単勝、複勝、連複の一点買い）が三レースとも的中した。なんや、おい、ウマて簡単やな——、勘違いしたわたしはそれから三年間、毎週のようによめはんを連れて淀《よど》（京都競馬場）と仁川《にかわ》の競馬場に通い、底の抜けた笊《ざる》のごとく負けつづけた。中でもひどかったのが就職した年で、年末のボーナスを正月の「金杯（現・京都金杯）」に持って行き、きれいさっぱり溶かしたのだった。そのとき、わたしはよめはんに「もうウマはやめる」と宣言し、以来、馬券を買ったことはない。

そう、コロナ禍のいま、わたしはよめはんとのふたり麻雀しかしていない。それがまた愉《たの》しい。

麻雀は「運」を予想するゲーム

星占いも血液型診断も信じないし、方角がどうとか干支がどうとかいうゲンかつぎもジンクスもいっさい信じません。ただ、麻雀に関しては、その日の「ツキ」とか場所の「ツキ」といったものは確かにある、と思います。僕は関西人なので、もっぱらサンマー（三人麻雀）ばかりやってます。四人でやるサンマーが多い。四人麻雀もそうですが、ことにサンマーは場所や時の「運」「ツキ」がはっきり現れます。

将棋も大好きですが、将棋では、運が勝負を決めることはほとんどない。でも麻雀はツイていれば勝てる。だからビギナーズラックも起きる。将棋は初心者が高段者に勝つことは絶対にないけれど、麻雀ならあり得る。だからおもしろい。

ただ、ツキはずっと続くわけじゃないです。だからビギナーズラックは長く続かない。長時間打ちつづけるか、あるいは何度か対戦すれば必ず上級者のほうが勝つ。技術の差が出ます。

麻雀の技術には、手牌《てはい》を切る、止めるといった「手牌の技術」と「運を扱う技術」があると思います。ツイているときはその波に乗りつづけて運を落とさない、ツイていないときは傷を最小限におさえて運を呼びこむ、といったテクニックです。

そこで大事なのが「いかにミスをしないか」。

ツイているときにミスをすれば自分のツキが落ちて相手に移ってしまう。ツイていないときは傷が深くなる。手牌の技術の差がそれほどない上級者同士の対戦になると、その日、その場所のツキ、運が勝負を決めるんじゃないですかね。つまるところ麻雀は運のやり取り、奪いあいです。

麻雀と将棋はずいぶん違うけど似ている点があって、両方とも「予想のゲーム」やと思うんです。麻雀って、「この牌が来たからこう打つ」ではなくて、「どの牌が来たらどう打つか、どの牌が場に出たらどう対処するか」をずっと予想しながら打つ遊びなんですよ。将棋も「相手がこう指したら自分はこう指す」って、相手の手を予想しながら指す。その一点で、よう似てます。ただ、麻雀でどんな牌が来るか出るかを大きく左右するのは「運」やけど、将棋で相手がどう指すかはほぼ「相手の技量」による。そこが違いです。麻雀では、想定したいちばんいい形になるかどうかっていうのが「運」「ツキ」ですよね。ただ基本的には、想定しないことが起きるという前提のもとに打たないといけない。自分が想定した最上ではなく、何番目かの牌が来たときにどうするかを考えて準備しておくのが麻雀における技術です。ヘタな人は、自分が望む牌が来たとき以外のことは考えてないから勝てない。麻雀ってそういう意味で奥が深いというか十年やってもわからん難しいゲームですわ。もちろん、将棋も難しいし、競馬も血統なんかあって難しいですけど、麻雀は特に「運」によって作られている奥深さが大きいから、よりいっそう、おもしろい。

その人が持って生まれた「運」というのもありますね。博打運とかギャンブル運とか言われるもの。ただ、あの人は博打運が強い、というときは単に「ツイている」というわけではなく、ツキの扱いがうまいという技術も含まれている気がします。だから、「博才《ばくさい》」というほうが正確ですかね。才能です。僕は、この博才はある、強いと思っています。

思いかえせば、親父と一局二十円とか三十円とかでやってた賭け将棋が最初に覚えた博打ですが、これは運の要素は小さい。その次が花札。中学三年生くらいから定期試験前には勉強会と称して、友だちと集まり勉強せんと花札ばかりやっていた。それで、勝つんですよ。なんか知らんけど、もう連戦連勝。そこで、技術をともなう博打には僕は勝つんちゃうか、と自信を持った。そして高校生で麻雀を覚えて、大学生になったら仲間内でゲーム博打ざんまいです。麻雀はじめ、チンチロリン、丁半博打、カードゲームはブラックジャックにポーカー……とにかくゲーム博打はほとんどやりましたね。それで勝ちまくった。ゲーム博打は大好きです。今もそれがつづいている。

小説のなかで博打の場面はよく書きます。博打は使い勝手がいいですね。博打をさせることで時間的経過をうまく描ける。それに博打をさせると、その人間のキャラクターが、人間性が出ますからね。こいつはせこい、こいつはしっかりしたヤツだ、とか。それに、他の作家が書く博打には「おいおい、それは嘘《うそ》やろ」と思う部分がたくさんあるけど、自分はちゃんとリアリティを持たせて書けるという自信もあります。そこはさんざん博打をやってきたんが功を奏してますね。

要するに、対人の博打が好きなんです。相手と面と向かって勝負するのが好きだし、自分に向いている。公営ギャンブルは大学二年から就職一年目まで。四年間はほぼ毎週競馬場に行ってました。こちらはだいたい一勝九敗ペース。で、就職して最初の正月、冬のボーナス十二万円を持って淀の「金杯」に行ってすっかり溶かしてしもうて。家に帰ってよめはんに言いました、「もう僕は競馬をいっさいやめる。向いてないのがようわかった」と。あえて言うなら、公営ギャンブルは胴元相手の勝負で、僕が負けても相手は喜ばない。

僕が悔しいだけです。でも対人博打だと、僕が負けたら相手喜びますやん。そういうのが割に好きなんかなと思います。もちろん、勝ちたいですよ。で、自分が勝って相手が悔しがってる顔を見るのはもっと好き。

カジノへ行っても同じで、ブラックジャックやバカラが主で、スロットなんかはやりません。相手の顔を見て、技術と運の勝負をしたいんですね。パチンコも同じ理由でやらなくなりました。受験浪人一年目のころは頻繁に行きましたが、大学に入ってパタッとやめました。パチンコも一勝九敗ペース。

コロナのせいでごぶさたですが、以前はカジノにもよく行きました。最初は大学二年のときにマカオへ。そのときはビギナーズラックで四万円くらい勝ちました。今から五〇年以上も前の四万円ですからけっこう大きな額ですよ。もう時効だけど、パチンコも高校生で初めてやったとき勝ったし、昔、喫茶店によく置いてあった違法スロットも百円入れたらいきなりジャックポットが出て一万円になった。競馬も初めて買った馬券は当てました。それも三レース連続で。麻雀や花札はさっき話したように、覚えたときから勝ちまくった。だから自分のギャンブル運は強いと思います。

ただ、対人でない博打はその後、大負けしているから向いていないんでしょう。麻雀はね、大幅に勝ち越している。カジノはかなり負けてます。公営博打はもうほとんど連戦連敗、パチンコはめちゃくちゃ負けた。ふりかえってみると、勝負に関してはそれぞれの負けの分を麻雀ですべて取りかえしてるのと違うかな。自分の感覚ではトータル勝ち越しです。でも別に博打に負け越したって最終的に人生で勝ってたら、それでいいんやないかな、と思いますよ。

人生におけるツキはというと、ここ一番の大勝負は勝ちます、僕。

最初の大勝負は大学（京都市立芸術大学）受験。倍率三十倍のデザイン科を二回落ちて、親父からもう許さんと言われて、船に乗せられたんですよ。親父は船乗り（海運業）で、瀬戸内海で操業する四九九トンのけっこう大きな内航タンカーを持っていたので、それに無理やり。一年近く飯炊きやらの雑用をさせられたんだけど、あまりに重労働で、なんとかして逃げださんと、と思った。跡を継げと言われとったけど、「もう一回だけ芸大を受けさせてくれ」と頼みこんで一月に船を下りて二月の受験まで一カ月、必死に勉強しました。それで、倍率十倍の彫刻科に合格した。あれが人生の第一の関門でしたね。

第二の関門は教員採用試験。大学卒業後、ダイエーに就職して店舗意匠の部署で四年間働いてましたが、どうにも合わなかった。いっぽう、学生結婚したよめはんは卒業してすぐ中学の美術教師になったんですが、当時の教師は夏休み、冬休みがほぼ一カ月あった。

僕ね、そのころインドに憧れていて、インドで放浪したいな、とか考えとったけど、卒業してすぐ子どもができましたから、働くのを辞めるわけにいかん。それで、インドへ行くには教師になるのがいいかな、と翌年、二十八歳の年に大阪府の高校美術教師の採用試験を受けました。倍率が十七倍。ちょうどよめはんも高校の教師に転じたいということで、そろって受けたところ、なんとふたりとも一回で通ってしもうた。僕もよめはんも引きが強いので、ここ一発はいいんですわ。それで十年間、教師をしました。おかげでインドも三回行きました。

その次の関門というか人生の転機が、教師になって五年目、三十三歳のとき。「サントリーミステリー大賞」の第一回の募集広告を目にして、一作くらいなら書けるんやないか、と勘違いした。それで夏休みを利用して書いて応募したんです。それが佳作をもらって（『二度のお別れ』）、佳作だけど本にしてもらえて作家デビューした。だから僕、金になってない原稿を書いたことがないんですよ。そこはすごく運が強いと思いますね。その後、もう一回佳作をもらって、第四回でサントリーミステリー大賞（『キャッツアイころがった』）をいただきました。

次が直木賞。四回目の候補作『国境』で取れなかったとき（二〇〇一年）、これは縁がないんやな、と思ったので、その後はなんの希望も期待もしていませんでした。それが、二〇一四年、六十五歳で『破門』が六回目の候補になり、あれよあれよという間に受賞（第一五一回）。まさに青天の霹靂《へきれき》。このとき「これは僕、運が強いんかな？」と思いましたね。一発では引けなかったけど、最終的には引いた、という強運でした。

とまあ、自分は持って生まれた運も強いんだろうし、それを上手に使ってこられたとも思います。

あ、でもいちばんの「ツキ」はよめはんかな。同じ大学に通っていて、学校のそばの雀荘で出会った。人生最高の当たり牌を引きました。好き勝手させてくれているし、博打の勝ち負けもいっさい聞いてこない。大敗して泣きついたときは損金を補塡してくれる。感謝してます、よめはんにも、よめはんを引きあわせてくれた麻雀にも。

八勝七敗

一昨年の春から、夕刊紙にギャンブルエッセイを書いている。毎週一回の連載だから、あっというまに締切がやってくる。麻雀、カード、サイコロ、花札、競輪、競馬、パチンコ、カジノ……、取材と称して数えきれないほどギャンブルをしたが、勝った憶えはあまりない。カジノはソウルのウォーカーヒルに二回、プサンの海雲台に一回、マカオに一回、マレーシアのゲンティンハイランドに一回遠征して、そのたびにすっからかん。エッセイの原稿料など〝焼け石に滴〟というくらいみごとに負けている。

去年の暮れは年忘れギャンブル大会という名目で、わが家に十人ほど友だちが集まったのだが、ルーレット、手本引き、ブラックジャックと種目を変えるごとに少しずつ負けが込み、チンチロリンの親をとったとき、「一二三《ヒフミ》」を二回つづけて振ってしまった。そうして子の張り目が上限いっぱいになったとたんに、また「一二三」。眼から火が出て卒倒しそうになった。

朝まで勝負して、ひとり勝ち残ったのは将棋のプロ棋士で、彼はサイコロを振るたびに「四五六」「ゾロ目」と運の神様に念じ、実際そのとおりの目を出してみせた。考えてみれば、棋士は日々の勝ち負けイコール生業《なりわい》なのだから、強運はあたりまえであった。

西暦二〇〇〇年、わたしは考えを改めた。今年はしばらくギャンブルの取材をしない。まじめに連載小説を書き、放ったらかしになっている書下ろしも仕上げる。サイコロやカードはやめて、麻雀以外のギャンブルはしない。麻雀だったら勝ちを望まずとも、まだなんとかマイナスを最小にする自信がある。そうして麻雀にも負けるようなら、勝負ごとはテニスと将棋だけにする。わたしは元来、無節操で小心だから、勝てない博打はすぐに足を洗う。

「人生、どこかで帳尻が合うものです。連勝はできない。八勝七敗でいいんです」

あの雀聖、阿佐田哲也さんがよくいっていたが、この齢《とし》になってようやく分かったような気がする。

阿佐田哲也さんの敗戦証明書

阿佐田哲也・色川武大さんが『海燕』という小説誌に『狂人日記』を書いていた（その後、読売文学賞を受賞）ころ、京都へ遊びに来たことがある。一日目はわたしが京都を案内し、夜は河原町《かわらまち》の雀荘で麻雀をした。二日目は大阪のミナミを案内したが、色川さんは歩いている途中、突然、御堂筋《みどうすじ》の街路樹のそばで座り込んだ。ナルコレプシー（通常、起きている時間帯に場所や状況を選ばず、自分では制御できない眠気におそわれる睡眠障害とされ、突然の筋力低下をともなうことが多い）の発作だったが、知ってはいてもびっくりしてしまう。わたしはそばでようすを見守っていたが、二、三分もすると色川さんは目覚めて、なにごともなかったように立ちあがって、また歩きだす。

東京のお宅で麻雀をしているときも、よく居眠りをして、「はい、色川さんの番ですよ」と起こすと、ハッと眼をあけて起家《チイチャ》マークのプラスチック札を摸牌《モーパイ》したりするサービスもしてくれた。ほんとうに眠いときは「少し寝ます」といって自室にあがり、二十分ほどすると麻雀部屋に現れて、「さ、つづけましょう」と椅子に座った。色川さんの麻雀はプロ好みの〝渋い打ちまわし〟で、わたしのような〝アガってなんぼ〟のドラ麻雀とはまるでちがう打ち筋だった。牌のツモも切りも、そのモーションは流れるようにスマートだった。そうして夜明けまで麻雀をしたあと、色川さんは風呂をわかす。「今日は手と足を洗います」

編集者のあいだでは、風呂に入らないひと、という評判だったが、本人は洗うのが面倒だといっていた。「黒川くん、――しますか」二十も年下のわたしに対して、色川さんはいつも丁寧な言葉遣いだった。

「人間、三十をすぎたら目上も目下もない。みんな対等の友だちです」色川さんはそういい、自然体でつきあってくれた。わたしは色川さんの享年をとっくにすぎているが、いま、若い人たちとそんなつきあいができているのか――。自問してみるが、自信はない。

いま思うと、来るもの拒まず、の色川さんの生き方は決して楽なものではなかったろう。あまりの交友関係の広さと誘いの多さに、色川さんは「純文学を書く時間がない」と、岩手県の一関市に転居し、そこで亡くなった。六十歳。心筋梗塞だったという。

色川さんと文学論めいた話をしたことは一度もない。それは当然のことで、当時のわたしにはその資格も資質もなかったのだが、色川さんがミステリーを嫌っていたのは確かだった。色川さんは登場人物の行動に意外性が乏しく、伏線を段階的にトレースしていく、いわば構成主義的な小説が気に入らなかったのだと思う。目的より過程、均整より破調、色川さんは「普通の小説を書きましょう」と勧めてくれたが、わたしにとって〝普通の小説〟ほどむずかしいものはないし、いまもその考えは変わらない。

——ミナミを案内した晩、「今日も麻雀をしますか」と色川さんにいった。「阿佐田哲也が麻雀の誘いを断るとでも思いますか」と、色川さんはいい、我が家で卓を囲んだ。

明け方、戦いを終えたとき、色川さんがよめはんにいった。「敗戦証明書を書きます」と。よめはんはよろこび勇んで色紙とサインペンを持ってきた。それが、『87年6月28日早朝ニ至ル一戦ニテ　マサニ完敗イタシマシタ　両三年修業シテ　出直シテマイリマス——』の色紙だ。

色川さんと勝負したゲーム

うちの麻雀部屋に色紙の額をふたつ飾っている。

ひとつは――、

『花のさかりは地下道で　埃まみれの　空きっ腹　阿佐田哲也』

もうひとつは――、

『87年6月28日　早朝ニ至ル一戦ニテ　マサニ完敗イタシマシタ　両三年修業シテ　出直シテマイリマス　黒川雅子様　阿佐田哲也』

この色紙を見ると、初めてのひとはたいていびっくりする。

「これって、あの阿佐田哲也さんが書いたん？」

「そう、サインがあるやろ」わたし、鼻が高い。

「あの雀聖と、ほんまに麻雀したん？」

「した。色川さんと麻雀して、よめはんが勝った」

阿佐田哲也（朝だ、徹夜）はペンネームで、エンターテインメント系の小説を阿佐田哲也、純文学は本名の色川武大で書かれていたから、わたしは色川さん、と呼んでいた――。

芸大彫刻科の四年間、わたしは麻雀に明け暮れていた。同じ学生仲間はもちろん、ときには不動産屋の社長やパチンコホールの店長と、稼いだバイト料、払うべき授業料を賭けて打ち、負けた記憶はあまりない。若いだけに気力、体力があったのかもしれないが、所詮《しょせん》は井の中の蛙《かわず》、ただ運がよかったのだろう。

そのころはじめて読んだのが『麻雀放浪記』だった。勝負の機微、ギャンブラーの心理が過不足のない筆致で流れるように書かれている。絶妙の仕掛け、構成、展開に、なるほど、これがエンターテインメントなんや、と実感し、わたしは阿佐田哲也の小説をすべて読むようになった。

そして十余年――。わたしは高校教師をしながら小説を書きはじめた。東京の編集者に会うたびに、色川さんのファンだと吹聴していたら、ある編集者が色川さんに会いますか、といった。もちろん、わたしに否はない。ちょうどその一カ月後に第四回サントリーミステリー大賞の最終選考会があるから、その翌日に会わせて欲しい、と勝手なお願いをした。

わたしは運よくミステリー大賞を受賞した。未明まで飲んでホテルに帰り、眠るまもなく部屋の電話が鳴った。ロビーに降りると編集者がいた。

四谷大京町《だいきょうちょう》の色川家――。はじめてお会いする色川さん夫妻はとても気さくで、若輩のわたしを歓待してくれた。色川さんのパジャマからはみだしている下着の袖がよれよれで、それがずいぶん魅力的だった。

このとき、持参した色紙に書いてもらったのが、『花のさかりは～』だ。筆ペンでさらさらと書いた字は達筆で味がある。

その後、色川さんは大京町から成城へ引っ越し、わたしは東京へ行くたび、お宅にお邪魔するようになった。深夜、ふたりだけでいるときはこれといった話もせず、カーペットにぺたりと座り込んでサイコロを振る。色川さんはわたしがルールをお教えした〝シックスダイス〟というゲームが好きで、これを延々と朝までする。だいたい××円ほどの勝ち負けになったとき、色川さんは決まってレートを倍にしようといい、わたしは、ツキが変わります、とあっさり断る。

「そう、しかたないな」色川さんはにやりとして記録を書いた原稿用紙を破り、意気も新たに座り直す。

いま思えば、あの雀聖・阿佐田哲也をわたしがひとり占めしていたのだから、贅沢《ぜいたく》な至福の時間だった。

文壇麻雀自戦記

夏のさなかの某日、いおりん（藤原伊織）から電話がかかってきた。ふたりとも株をやっているので、おれは今年だけで××万もやられてるんやぞ、と負け自慢をしあっているうちに、その負けの一部を麻雀で補塡しようという話になった。

「補塡はええけど、適当なメンバーがいてるんかいな」

「『小説現代』のKさんはどう？　編集長の」

「あかん。返り討ちにされる」彼の麻雀はきつい。競馬で鍛えられている。

「じゃ、『新潮45』のYちゃんは？　編集長の」

「あかん。あの子は若い。我々ロートルでは太刀打ちできん」彼女の麻雀は勢いがある。競輪で鍛えられている。

「だったら、相手がいないじゃん」

「初心者や、初心者。牌を並べられる程度で、金払いのええのを探してよ」

わたしは点も数えられないような小羊を泥沼に引きずり込んで生き血を吸うのを信条としている。

「分かった。とにかく探してみる」

気立てのよいいおりんは自信ありげにそういったが、三日後にまた電話がかかった。白川のトオちゃんと浅田の次郎さんを誘ったというから、わたしはひとつ放屁《ほうひ》した。

「なにが悲しいて、そんな強敵を相手にせなあかんの。おれは麻雀に負けるのはやぶさかやないけど、金を払うのはめちゃくちゃやぶさかなんやで」

「それがさ、この麻雀は『小説現代』の誌上対局になったんや」

いおりんはときどき大阪弁になる。「だから、おっちゃんの新幹線代が出るんやで」

「ほう、それはよろしいやおませんか」グリーン車で東京へ行こう。

いおりんは集合時間と会場をいって、電話を切った。わたしはミステリーの作家だから、ことの成り行きを推理する。↓いおりんはとりあえずKさんを誘った。↓Kさんは身の危険を感じてトオちゃんに連絡した。↓トオちゃんは次郎さんを誘って四人がそろった。

なるほど、そういうことやったんか――。わたしは腹を決めた。ええわい、麻雀は勝ちゃえええんや。

というような前段があって、わたしはグリーン車に乗り、赤坂の雀荘へ遠征した。

一回戦の起家《チイチャ》はわたしで、發を暗刻《アンコ》にし、辺《ペン》七萬待ちの聴牌《テンパイ》で流局したのが幸いしたのか、一本場で〝ダブ東《トン》のみ〟、二本場で〝リーチ・一発・ツモ〟をアガった。

わたしは〝金持ちケンカせず〟モードに入って放銃《ホーチャン》をせず、南四局のオーラスでは二万九千点持ちの二着目につけていた。トップ目のトオちゃんとは六千四百点の差だから逆転はできる。〝ダブ南《ナン》・ドラ1〟の五千二百点を聴牌し、ツモればトップというところまでこぎつけたのだが、いおりんが乾坤一擲《けんこんいってき》のリーチをかけ、一発で親ハネをツモってひっくり返してしまった。

「あーあ、今回もまた負けそう。ここ一番でアガられへん」

「おっちゃんの泣き言、耳に心地ええやんか」

「くそっ、飴《あめ》をねぶらせただけじゃ」

二回戦はわたしがまた起家で、〝白・ドラ3〟を次郎さんからアガった。一万二千点のアドバンテージは大きく、いおりんが飛んで、わたしのトップ。これはうれしい。

「こないだの台風10号で、うちの二階からエアコンの室外機が落ちてね。下に駐《と》めてる車にぶち当たって、リアウインドーはバラバラ。ルーフからトランクリッドからフェンダーまでグチャグチャにへこんでしもて、どえらい修理費がかかりそうやし、おれはどないしてもこの麻雀に勝たないかんねん」

わたしは報告したが、反応なし。みんなさっさと点棒をそろえて三回戦がはじまる。トオちゃんといおりんが交互にアガって、わたしは順調に沈み、みごと四等賞の栄冠を得た。

「こらいかん。車の修理代があらへん」

トイレへ行って排便し、手を洗わずに卓にもどった。できることはなんでもしないとツキを引き寄せられない。

四回戦東二局二本場で、わたしは闇聴《ヤミテン》の〝タン・ピン・一盃口《イーペイコー》・ドラ1〟をツモり、トップ目に立った。東四局で〝七対子《チートイツ》・ドラ2〟、南一局で〝タンヤオ・ドラ2〟をアガって着々と点棒を増やし、そのままトップで逃げきった。

「いいね、いいね。正直者の頭《こうべ》に神宿るや」

「馬鹿者の頭に虫がわくんやろ」

この四人の中でいちばんよく喋《しゃべ》るのはわたしだろう。わたしが喋って、いおりんが合いの手を入れる。トオちゃんと次郎さんはアガっても振り込んでも恬淡《てんたん》として動ぜず、すこぶる雀品がいい。トオちゃんはこちらの切っ先をかわして胴をはらうような打ちまわし、次郎さんは真っ向から袈裟《けさ》懸《が》けにするような豪胆な牌さばきを見せる。わたしは恐怖と緊張ゆえに喋りつづけるのだ。

この日のわたしのハイライトは十三回戦だった。配牌が九種十一牌のクズ手で、わたしは重なっていた

から切り出した。三巡目に、七巡目に

をひいて早くも一向聴《イーシャンテン》。誰もわたしの国士無双には気づいていない。そうして十巡目に

をひき、役満を聴牌した。

待ち牌のは場に一枚も出ていない。が二枚、が一枚見えているから、は誰かの手牌の中で暗刻か対子《トイツ》になっているらしい。西家のいおりんが二巡前にをポンして聴牌の気配だ。

出てくれ。頼むから出てくれ——。

摸牌《モーパイ》する指先が軋《きし》んだ。幸い、いおりんへの危険牌はひいてこない。

聴牌のまま三巡をまわした。いおりんがを卓に打ちつけて、

「ツモ。タンヤオ・ドラ1」

そこでわたしの国士無双は潰《つい》えた。はトオちゃんが対子、次郎さんが順子《シュンツ》で一枚使っていた。

――気息奄々《きそくえんえん》の消耗戦は十二時間もつづき、へろへろのよれよれになって雀荘を出た。

いおりんとふたり、タクシーに乗る。

「トオちゃんとはもう、麻雀せんとこな」

「ああ、そうしよう」

「次は文春のSさんを誘おうや」

「『週刊現代』のYくんはどう?」

「うん。それはええ」

焼けたあとの火の用心、とはこれをいう。

株歴四十年の勝敗

今朝（二〇二一年二月十六日）の新聞に、十五日の日経平均株価の終値が一九九〇年八月以来、約三十年六カ月ぶりの三万円超えになった、という記事があった。十五日公表の国内総生産（ＧＤＰ）が市場の事前予想より良く、コロナ禍からの経済回復への期待が高まったという（ほんまかいな）。

理由はともかく、株価があがったのは確かだから、わたしはほぼ一年ぶりにネット証券にアクセスして保有株価ボードを見た。総残高は大して増えていない。保有する七銘柄のうち、三つはマイナスのままだ。それはそうだろう、二〇〇八年のリーマンショック以前に買った株を売りもせずにしつこく持ちつづけているのだから。

わたしの株歴は長い。もう四十年になる。

公立高校の美術教師をしていた三十すぎのころ、同僚の音楽の教師が株をしていて、先週はいくら勝った、今月はいくら儲《もう》けた、とかいうものだから、博打打ちのわたしとしては座して見ているわけにはいかない。北浜の地場証券会社に口座を作り、少ない預金をおろして勝負をはじめたら、勝っても負けても麻雀や競馬より額が大きいからけっこうおもしろかった。

わたしは三十八歳で教師を辞め、作家専業になった。収入が激減して株はみんな売り払い、よめはんに借金までする事態に陥ったが、二年後に月刊小説誌の連載をはじめて原稿料が入ると、懲りずにまた株をはじめた。そのころ日本経済はバブルの絶頂期で、保有株のすべてがバカみたいにあがり、ウハウハ状態になった。わたしは毎月の成績をノートにつけ、それがプラス五百万円になったときにバブルが崩壊した。あれよあれよとわたしの株も下がりつづけてプラスの五百万円は消滅し、チャラになったところでわたしの株熱も冷めた。以来ボードを見ることはなく、博打といえるものは麻雀とカジノだけになったのだが……。

一九九八年十月、NTTドコモが東証一部に上場するという報を知り、その公募に申し込むと一株分が当たったから買った（売出価格は三百九十万円）。ドコモ株は翌年にかけて五倍以上に高騰したから、わたしの株熱は再燃し、またせっせと投資をはじめたのだが、ちょうどそのころ、編集者の紹介で藤原伊織を知った。いおりんとは月に一回くらい麻雀をしたが、電話がかかってくるのは週に二、三回で、話題は株のことばかりだった。いおりんは日々、株の研究怠りなく、デイトレーダーを自称するほどの株マニアだから、わたしにも、あれを買え、これを買え、と親切に教授する。教祖さまのいおりんに勧められると、信者のわたしもその気になり、いわれるままに株を買ったが、それで儲けたことはまったくない。いおりんは実に愛すべき友だちだった。

話が逸《そ》れた。株だ——。

〇六年ごろだったか、ふと気づくと、わたしは全財産を株に注ぎ込んでいた。さすがにこれは危ないと反省し、勝っている株を売って利益を確定したのが不幸中の幸いだったのだろう、〇八年九月、あのリーマンショックによる世界規模の連鎖的金融危機が発生した。株価は大暴落し、わたしはのけ反《ぞ》ってお漏らしをした。あまりに下落幅が大きいから投げ売りする勇気もない。保有株は塩漬けになり、結果的に損失額とそれまでの利益確定額は同じくらいだった。

そう、四十年の株歴において、わたしは大した得もしていないが、損もしていない。いま思えば、ドコモ株が高騰したときに売っておけばよかった。

なぜベアリングズ銀行はつぶれたか
――『私がベアリングズ銀行をつぶした』を読む

『FOCUS』一九九五年三月十五日号。――二百三十年の輝かしい歴史を持ち、「女王の銀行」と呼ばれていた英国のベアリングズ社が事実上の倒産に追い込まれた。十九世紀のナポレオン戦争の戦費を調達したという由緒ある銀行である。倒産の原因を作ったのは、二十八歳になったばかりの同社のシンガポール法人（証券）のトレーダー、ニック・リーソン。彼は、日本の大阪証券取引所に上場の「ニッケイ225先物」とシンガポール市場の先物を一手買いするなどで、巨額な損失を出してしまったのである。その損失額はまだ確定していないが、日本円にして一千億円に上ると見られている。

『朝日新聞』九五年九月二十六日付夕刊。――都市銀行下位行の大和銀行は二十六日午後、同行ニューヨーク支店で、行員が帳簿外で米国債投資を長年続けて失敗、それをごまかすために同行の持つ有価証券を無断で売買し、合計約十一億ドル（約一千百億円）の損失を被ったと発表した。

『朝日新聞』九六年十一月十八日付夕刊。——銅地金取引をめぐり、住友商事が元非鉄金属部長による不正取引で二十六億ドル（約二千八百五十億円）の損失を出した問題で、大阪の個人株主らは、住友商事大阪本社を訪れ、取締役を相手に損害賠償請求訴訟を起こすよう求める監査役あての通知書と、監査役を相手に同様の訴訟を起こすよう請求する社長あての通知書を届けた。三十日以内に提訴されなければ、株主代表訴訟に踏み切る構えだ。

と、こうしたニュースを読むたびに、よくもそこまで損失が増大するまで会社が放置していたという事実に、わたしは驚く。いったいどうすれば一千億もの損失を生じさせることができるのか。『私がベアリングズ銀行をつぶした』はニック・リーソンが獄中（六年半の刑を宣告され、シンガポールのチャンギにあるタナ・メラ刑務所に服役している）で書いた手記であり、これを読んで胸のつかえがおりた。なるほど、条件（ポストとタイミング）さえ整えば一個人がとてつもないムチャをしでかせるのである。

野心を抱いたトレーダーが、小さなミスから深みに落ち込んでいくさま。損失を補塡、隠蔽《いんぺい》しようとして、犯罪に手を染めていく過程が、濃《こま》やかな筆致で分かりやすく書かれている。破滅に向かって突き進むトレーダーにひきずられて、わたしは次々にページをめくった。

個人的なことをいうと、わたしも株に熱中した時期がある。ハイリスク・ハイリターン。株ははっきりいって博打であり、トータルすると一千万円ほどを稼ぎ、九百万円ほどスッた。あのブラックマンデーのときは、一日に百万円が目減りし、その後の半月で五百万円が飛んだのだが、それは表面上、数字のマイナスであり、実際に自分の懐から金が出ていくまでは負けた実感にとぼしかった。「奇跡を起こす男」と呼ばれた凄腕のトレーダー、ニック・リーソンとは較《くら》べるべくもないが、その心理は分かるような気がする。その象徴的な記述が本文にある。

「そういう連中（トレーダー）がぞろぞろとSIMEX（シンガポール国際金融取引所）に入っていって、数字の売買を始めるのである。思うに、だれであれ何らかの形で売り買いはしているのだ。スーパーマーケットでの買い物とか、倉庫の夜間警備員として年に六千ポンドを手にするとか、普通はそういう形なのだろう。ただ、われわれは抽象的な数字を売買して生きていかなくてはならないのだ。その数字は巨大だが、非現実のものであり、驚くべき速さでその価格を変えていくのである」「（取引所に）一歩足を踏み出して、一度手を振れば、数百万ポンドの価値のものを売買できる。……私が作りだすのは、日本の国債とか、先物とか、オプションと呼ばれる抽象的なものであり、それがどんなものかを気にする者など一人もいない」「空気を取引するようなものといってもいいかもしれない。

市場は常に予測がつかず、三秒ごとに跳ね回る」。

証券先物取引の実態と内幕。犯行当事者しか知りえないリアリティーと、その心理。ノンフィクションの範疇《はんちゅう》を越えたピカレスク・ロマンと称したい。『私がベアリングズ銀行をつぶした』はおもしろい。

トオちゃんとの凄絶な闘い
——白川道著『捲《まく》り眩《まく》られ降《ふ》り振《ふ》られ』を読む

『月刊競輪』に連載されていたこのエッセイを、わたしは毎回読んでいた。そうして思うことはいつも同じ。よくぞこんなむずかしいエッセイを書きつづけられるものだと。

わたしは競輪をしないが、麻雀、花札、サイコロといった対人博打とカジノをする。みなそれぞれにルールがあり、張りとりの法則らしきものが存在するが、その機微と蘊蓄《うんちく》をトオちゃんのように理路整然と、しかも分かりやすく平明に書くことは、わたしにはできない。

トオちゃんには確固たる〝競輪論〟があり、それに裏打ちされたギャンブル思想がある。その意味ではまさに最高の人物が競輪を語ったエッセイ集だと断言できるし、トオちゃんの負けっぷりのすごさ、経済観念のなさ、壊れかたのひどさにユーモアさえ感じとれるのは、わたしだけではないと思う。

であるからして、わたしが競輪を云々《うんぬん》するのはおこがましい。論も意見も吐けない。そこでトオちゃんの麻雀を書こうと思いたった。

トオちゃんとはじめて会ったのは「新潮四賞」の授賞パーティーだった。大阪在住のわたしがなぜ新幹線に乗って東京へ行ったのか、いまはまったく憶《おぼ》えていない。受賞者の誰かが知り合いだったような気はするが、そのことは頭になく、トオちゃんと会ったことだけが印象に残っている。

トオちゃんはそのとき、白のオープンシャツに生成《きな》りの麻のズボン、白の革靴といういでたちだった。はて、文学賞のパーティーにどこの総会屋が来たんかいな——といぶかるわたしに、

「黒川さんですよね。白川です」

と、にこやかにいい、

「一度、麻雀をごいっしょしましょう」

と、誘ってくれた。

「はいはい、お呼びがあれば、いつでもどこでも誰とでも」

わたしも愛想よく返事をしたが、よくある社交辞令で、ほんとうに卓を囲もうとは思っていない。業界の噂《うわさ》で「白川道《とおる》はめちゃくちゃ麻雀が強い」と聞いていたし、わたしは

いるからである。

“牌《パイ》を並べられる程度の腕前で、なおかつ払いのよいひとと打つ”ことをモットーとして

しかしながら、その数カ月後に某編集者から電話がかかってきた。白川道、鷺沢萠《めぐむ》、黒川博行、編集者の四人で麻雀をしようという。雀荘の予約までしたというから逃げるわけにはいかない。わたしも多少は“麻雀が強いらしい”といわれていたようだから。

で、トオちゃんとの初対局は神楽坂で打った。レートはわりに常識的で、トオちゃんは物足りなかったのか、途中からニギリを申し込まれた。「はいはい、けっこうでございますよ」。ニギリを受けて、結果は四勝二敗だったか。わたしはたまたま勝ちをおさめたが、このオヤジはただものではない、と思った。こちらも四十年のキャリアだから、半荘《はんチャン》一回も打ち筋を見ていれば、相手の伎倆《ぎりょう》は判断できる。「トオちゃんとはもう打たんとこ」。わたしはそう心に決めた。たった一戦でも勝ちは勝ちだから、「おれはあの白川道に勝ち越してるんやで」と世間にいいふらすことができる。そもそも強い相手と博打をするのはわたしの信条に反するのだ。

それからまた数カ月後に、トオちゃんから誘いの電話があった。今度は某月刊誌の誌上対局で、メンバーは浅田次郎、藤原伊織、白川道、黒川博行の四人ときた。

「はいはい、よろこんで参加させていただきます」。わたしはあとずさりしながらファイ

ティングポーズをとり、当日になってレートを聞いたときは座りションベンを洩《も》らしそうになった。あの神楽坂のレートの××倍である。わたしは白川道が壊れていることを改めて実感した。

誌上対局は半荘十回が闘われ、トオちゃんはなんと役満を三回もアガった。そのうちの一回はこのわたしが国士無双を放銃《ホーチャン》している。当然のごとくトオちゃんが大勝し、わたしはかろうじてプラスを保ったが、この勝負はわたしの負け。

そんなこんなでトオちゃんとはすっかり雀友になり、上京するたびに卓を囲んでいる。このエッセイで藤原伊織とわたしが「立川ダービー」に参加した日も、あとは赤坂の雀荘に流れて、負け犬同士の凄絶な闘いを演じている。

トオちゃんは洒脱《しゃだつ》なひとだから、わたしのような初心者に滔々《とうとう》と競輪を語るような野暮はしないが、その熱い胸のうちはこのエッセイを読んで充分に分かった。半生をかけて愛した競輪から引退するわけもよく分かった。最終章の「さよなら競輪」はとりわけ心に滲《し》みる。

白川道は競輪をとおして人生を語っている。

競輪でビギナーズラック

黒い川を渡って博打《ばくち》に行く——。

デビューしたころ、何人かの編集者にいわれた。

「凝《こ》ったペンネームですね」と。別に凝ってはいない。本名だから。

わたしに博行という名をつけた船乗りの父親は、若いころ花札に負けすぎて、左の上腕に『花禁』というタトゥーを入れていたほどの博打好きだったが、もしかして、その血をひいたのだろうか。父親とは小学生のころから賭け将棋をし、中学生になると、ほとんど負けることがなくなった。いま思うと、父親の将棋はアマの一級くらいだったろう。高校生のころは一局・五百円や千円で指し、あまりに勝ちすぎると怒りだすから、たまにはわざと負けるようにした。

わたしが芸大に行って京都に下宿していたころ、父親は所有していた内航タンカーを売って船舶ブローカーになり、暇を持て余したのか、賭場に出入りしはじめた。本人はいわなかったが、行くたびにサラリーマンのボーナスくらいは負けていたと思う。

芸大を出て大手スーパーに就職したころ、父親に誘われて賭場に行ったことがある（ふつう、子供をそんなところに連れていくか）。種目は花札を使ったカブだったが、フダごとの博打にはイカサマがつきものであり、そんなもので素人がプロに勝てるわけがない。わたしはずっと見《ケン》をして金は賭けず、父親を残して帰ったが、その一回だけの賭場見物がギャンブル小説を書く上で役立った。

賭場のほかに一回だけ経験したのは競輪だった。

二〇〇二年に立川で開催された〝第55回日本選手権競輪〟――。いまは亡き盟友いおりん（藤原伊織）とトオちゃん（白川道）とさる会社社長とわたしの四人が、トオちゃんの顔で五階の貴賓室に通された。窓際の席には液晶テレビがずらりと設置され、広大なレース場が一望できた。

「へーえ、トオちゃんはいつもこんな豪華なとこで馬券を買《こ》うてんの」

「馬券じゃない。車券」

「で、今年の戦績は」

「〇〇〇万はやられてる」

平然としてトオちゃんはいったが、国産高級車なら三台は買えるほどの金額だった。その負けっぷりなら貴賓室は当然だ。

「まず、競輪の基本からレクチャーしよう」

トオちゃんは選手の脚質とかライン、位置どりなどを懇切丁寧に解説してくれたが、スポンジ頭のわたしにはさっぱり分からない。

「このラインはAが先行してBがついていく。Cはこう動くからDはこう来る」

根が素直なわたしはトオちゃんの予想どおりに車券を買った。どうせ、そんなものは当たるわけがない。

そうしてはじまった第五レース。不思議なことにトオちゃんの予言どおりにラインができる。

ジャンが鳴り、最後尾につけていた選手がまくりに入った。先行グループをごぼう抜きにしてゴールを走り抜ける。まさにビギナーズラック。生まれてはじめて買った車券が的中した。

「トオちゃん、すごいやんか。めちゃかっこええわ」

外れたらぼろくそにいうはずが、「ね、次のレースも教えて」。

わたしはご機嫌で車券を買いつづけたが、あとはまったくの鳴かず飛ばずだった。

最終成績は、トオちゃんが７０××、いおりんが１０××の負け。わたしはイーブンだった。トオちゃんは負けを取りもどすべく、みんなを赤坂の雀荘に誘い込み、その結果はわたしのひとり勝ちに終わったから、競輪とわたしは相性がよかったのかもしれない。

騙《かた》る

一日中、家にいて原稿を書いていると、いろんな電話がかかってくる。うっとうしいのがセールスで、やれなんとかの資格をとれ、やれなんとかシステムに投資しろと、定収入のないフリーランサーを勧誘する。暇なときは断りの返事くらいするが、たび重なると、セールスと分かった途端に受話器を置く。中にはしつこいのがいて、すぐにまたコール音が鳴り、いきなり切るのは失礼だと難詰するから、こちらもつい本気で怒ってしまう。

「ええ加減にせんかい。いったいどこでうちの番号を調べた」

「知らないよ、そんなこと」

「プライバシーの侵害やぞ」

「プライバシーってなんだよ」

「もうええ。二度とかけてくるな」

むしゃくしゃして仕事は中断。なぜこんな理不尽なめにあわなければならないのか、考えるとよけいに腹が立つ。いまどき棚からぼたもちの美味しい話などあるはずもないのに、電話一本で騙《だま》される人間が世間にはいっぱいいる。不思議でしかたないが、考えてみると、ごく身近にサンプルがあった。死んだわたしの親父である。

親父はセールスの電話が好きだった。タンカーや貨物船の売買を斡旋《あっせん》仲介するブローカーで、八〇年代はけっこうな商売をして小金をため、おまけに人いちばい欲が深かったから、儲《もう》け話となると、なんでもホイホイと飛びついた。札幌郊外の原野を相場の数百倍で買い、別の業者からその土地を売ってやるといわれて、代わりに大分の温泉地を買い、それをまた別の業者に処分してやるといわれて愛知県の原野を買わされた。親父の名前は原野商法の〝上客名簿〟に載っていたのだろう、買い換えるたびに数百万円の追い金を払うのだから、おめでたいとしかいいようがない。わたしは口を酸っぱくして「怪しげな連中は相手にするな」といったが、親父は聞く耳をもたなかった。親父はメンバーが一万人以上いるゴルフ場の会員権を買って紙屑にし、先物相場に手を出して大損をし、極めつきは豊田商事の金地金証券を買って泣きの涙を見た。実にあっぱれな性懲《しょうこ》りのなさであり、もって生まれた強欲の性根は灰になるまで変わらないという格好の見本ではあった。

わたしは息子が大学生になって京都に下宿するとき、親父の騙され話をした。マルチ商法、デート商法、ねずみ講、カード詐欺、インチキ宗教と、悪徳商法に関するウンチクをたれたのである。「気をつけよう、甘い話と暗い道」「焼けたあとの火の用心」――たとえば、銀行と消費者金融の資金の流れ、利息の計算法、カードローンや保険の仕組みといった消費者の基本常識は、本来なら高校の社会科で教えてしかるべきものではあるまいか。最近、テレビでいやというほど眼にするサラ金のコマーシャルだが、最低でも年に二十パーセントを越える利息は法外に高い。「ご利用は計画的に」ともうしわけ程度にいわれて、ほんとうに計画的に金を借りている若者は皆無といっていいだろう。

そういえばいつか、高校教員をしていたころの教え子が家に来た。三十半ばで独身、薬品関係の営業をしているといい、持参のスポーツバッグから車のワックスやシャンプーの箱入りセットをとり出して、

「これをぜひ、試していただきたいと思いまして」と愛想よくいう。

見れば、あのマルチ改良型商法で悪名高きA社の製品だった。

「これ、きみの会社の？」

「いえ、ちがいます」

彼のいったワックスの値段は、カー用品店で買うそれの五倍だった。わたしはマルチの業界を小説に書いて詳しい取材をしたからA社のビジネスはよく知っている。洗剤、化粧

品、健康食品、調理器具などを、店舗をかまえない会員がA社から仕入れて、親戚、知人に売り歩く。売上のうち約三割が販売した会員の利益で、あとはすべてA社に収奪される仕組みだ。会員には十数段階のステージがあり、上昇するにしたがって下級会員からの上納金が増えるカルト宗教風集金ピラミッドが形成されている。会員がステージアップするためには新会員を勧誘して過大な売上を達成せねばならず、会社の同僚から近所の主婦にまで高額商品を売りつけてトラブルの種をまきちらす。こういった連鎖販売システムはねずみ講と同じく、子が無限に増えなければ行きづまるのだが、会員は頻繁に開かれる昇格セミナーや教義ビデオによってマインドコントロールされているから、このきわめて簡単な経済原理に気づかない。

「きみにはわるいけどな、こういうセールスがようあって、断るのに往生してるんや」

教え子には訳をいって帰ってもらったが、彼も被害者にはちがいない。

最近はわたしだけでなく、息子にもよくセールスの電話がかかってくる。受話器をとるなり

「××くんいますか」

と、やけに馴《な》れ馴れしい口調で喋《しゃべ》るから、

「どちらさん」

と訊くと、佐藤とか田中とか、当たり障りのない名を名乗る。わたしはぴんときて
「どういう関係？」

「高校のときの友だちです」

「息子は京都や」

「じゃ、電話番号を教えてください」

「友だちやったら知ってるはずやで」

「アドレス帳をなくしちゃったんですよ」

「おまえな、騙しのセールスやったらもっとうまい嘘《うそ》をつかんかい」

「なんやねん、くそオヤジ」

そこでプツッと電話は切れる。

わたしは頭に血がのぼる。息子へのセールスはほとんどいつも、このパターンなのだ。

「くそったれ、ああいうペテン師どもをギャフンといわせる方法はないんか」よめはんにいうと、

「ＮＴＴと契約するのは？　電話を切ったあと操作をしたら、その電話からは二度とつながらへんサービスがあるやんか」

「迷惑電話おことわりサービスとかいうやつやろ。あれは月に七百円もいる」

「相手の番号は分からへんの？」

「どいつもこいつも非通知や」

「分かった。いい方法がある」よめはんはうなずいて、「うちの息子はもうすぐ帰ってくる、おたくの携帯の番号を教えてくれたら、こっちからかけさせる、というねん」

「あほいえ。それこそ電話代の無駄やないか」

「聞いた携帯の番号を控えといて、またほかのセールスからかかってきたときに、その番号を教えるんや。うちの息子の番号や、というてね」

「なるほど、そらおもしろいな」

ペテン師にペテン師から電話がかかるのだ。よめはんはわたしより悪知恵が働く。

それからふた月、わたしは十人あまりのセールスに電話番号を聞き、教えた。彼らのチグハグな会話を想像すると楽しい。

Ⅳ　交遊録

めいめが描いた〝男の矜持〟

鷺沢萠（めめ）は友だちである、年齢《とし》は二十ほども離れているが、かなり親しい友だちで、わたしが東京へ行ったときは、酒とギャンブルの席に必ずといっていいほどめめがいる。そして彼女が大阪へ来たときも電話がかかってきて、わたしはいっしょに遊んでもらう。めめは美人だし、性格がかわいいから、わたしのよめはんとも仲がいい。

めめが遊びの場にいると、とにかくもう賑《にぎ》やかで座持ちがいい。ひっきりなしにおもしろい話題を提供してくれるから、先天性失語症のわたしは、ただうなずきながら笑っているだけでいい。めめはサービス精神の塊なのである。

そういうめめが、ときおり電話をかけてきて、

「おっちゃん、なにしてんの」

と、わたしに訊く。

「なにもしてへん。ボーッとしてる」

「わたし、原稿たまってんだけど、その気になんないの。けっこう切羽つまってんだ」

「あ、そう」

「おっちゃんは？」

「おれも締め切り間近や。こないだは連載を落としかけた」

「落とせばいいのに」

「そんなことしたら、飯の食い上げやがな」

「わたしね、一日に五枚くらいしか書けないんだ」

「そら遅いな」

「おっちゃんも遅いじゃん」

「おれは六枚ぐらい書くわい」

——これを〝目クソ鼻クソを笑う〟という。ひとは自分と同じ程度の人間を見て安心したいものだが、こういうとき、めめはプロの作家としての顔をかいま見せる。わたしは同業者だから、めめの原稿の遅い理由がよく分かる。めめの作品は丁寧で、中身がとても濃いのである。

思えば、鷺沢萠が『川べりの道』で文學界新人賞を受賞した直後に、わたしは彼女と知り合い、その作品はすべて（送ってくれるから）読んでいる。めめはデビュー作からすでにプロだった。十八歳の女の子がよくもまぁ、こんな冷徹な心理描写ができるものだと舌を巻いた。めめは一作ごとに違った世界に題材をとり、綿密な取材をして小説世界を構築する。以前、めめがわたしの文庫本の解説に書いてくれた《わたしのごとき若輩者がこんなこと言い出すのも口はばったいのですが、それでもわたしは、どんな文章でも書いているほうの人間が一段くらいは高いところ（あるいは遠いところ）に立っている、という立場をとっていないと読み苦しいものなのではないかと思います》が、彼女の小説作法であり、書き手自らが話の中にずぶずぶと埋まってしまう弊は避けなければならないという姿勢が、めめの文学観のひとつなのだろうとわたしは思う。

『過ぐる川、烟《けぶ》る橋』も登場人物との距離感が実にいい。二人の男と一人の女との関係を軸に、友情、しがらみ、ひとの生き方、いろんなことを読者に考えさせる。わたしはぐうたらでものごとを深く考えることがないから、たまにこんな真摯《しんし》な小説を読むと胸がずきんと痛くなる。わたしは友だちやつきあった女性に対して、いつもまじめでありつづけたか――。まるで自信がない。正面から向き合い、真剣に悩んだか――。もっと自信がない。

こんなふうに書くと、ずいぶんむずかしい小説のように勘違いされるかもしれないが、そんなことはない。主人公・脇田のプロレスラーの修業や生活は取材が行きとどいていてとてもおもしろく、恋人のユキとの巡り会いや触れ合いには身につまされるものがある。そうしてなにより文章が巧《うま》い。

《――迎えに来たって……、そう言った。

ひしゃげた紙袋を胸に抱くようにして、ユキが言った。言わなければいけないこと、言いたいことがたくさんあるのに、肉の薄い額に血管を浮きあがらせて力いっぱい歯を食いしばっているユキを見つめる脇田の口からは、熱い息が洩れるだけだ。

迎えに来ると言い残したまま一年半も連絡ひとつ寄越さなかった男の約束を、それでも守らせてやりたいとユキは言っているのか。自分と暮らした日々は、それではいったい何だったのか。》

わたしはここで思った。（なんでこいつは女を引きとめへんのや。おれやったら拝み倒してでも引きとめるがな）

女の鷺沢萠が男の矜恃を書くのである。まいった。

《「頑張る」だけでは追いつけないものがこの世には山ほどあって、それはもうどうしようもない真実だ。波多江にとっても、脇田にとっても。もうほんとうに、俺ができることは何もなくなってしまった。もう一度、そう思う。》

舞台は博多、那珂川《なかがわ》沿い。なんとも情緒がある。

めめのこと

めめとはほんとによく遊んだ。麻雀、サイコロ、カード、花札、酒も飲んでカラオケもした。『ロンリー・チャップリン』や『夜明けのスターライト』とかデュエットをして、ちっともハモッてないじゃん、と怒られた。めめはカラオケが上手かった。

ウォーカーヒルやマカオにもいっしょに行った。めめはさくさく賭けて、さくさく負ける。わたしはしょぼしょぼ賭けて、明け方に自爆する。めめのカジノはつきあいで、いちばん好きなのは麻雀だったように思う。

めめ、藤原伊織、白川道、わたしというメンバーで麻雀をしたことがあった。オイリーなジジイ（当時はまだオヤジか）三人を相手にめめは健闘し、ひとり勝ちで終わったのは立派だった。負け頭はわたしだったが、めめが勝つのはまったくかまわない。わたしはどうもめめとは相性がわるいらしく、トータルすると負け越していたのではないか。

めめはよく大阪に来た。羽曳野のわたしの家に泊まって奈良や京都を取材し、韓国やアメリカへ行くときは羽曳野経由で関空から飛ぶことが多かった。めめはいつもテンションが高く、じっとしていることがない。自分のブログは毎日欠かさず更新し、手もとも見ずに、おそろしく早くパソコンのキーを叩《たた》く。その文章は整然として直しがなく、これはやっぱり天性の作家やで、とわたしは感心するばかりだった。英語はぺらぺら、韓国語も堪能で、どんな勉強したんや、と訊いたら、いつも頭の中で外国語に訳して考えている、とめめはいった。

だから、めめの睡眠時間は少なかった。寝たら負けといい、小説はもちろん、エッセイ、ブログ、映画批評、戯曲、テレビ出演、小説の翻訳、絵本の翻訳、識字教室のボランティアまでしていた。なにごとにも真摯で、ほどほどということを知らなかった。

めめが泊まりに来たころ、わたしはヒキガエルの子を三十匹ほど飼っていた。わたしは昼前に起きてカエルに餌をやる。「ほら、ちゃんと食べんと大きくなられへんぞ」水槽の前に座り込み、一匹ずつに話しかけるのを、めめは見て、「おっちゃん、病院に行き」と真顔でいった。「そういうの、ウツなんだから」。

めめにすれば、わたしのようにぼんやりした日々を過ごしているオトナのいることが不思議だったのだろう。めめはわたしのよめはんに、「世の中は広いね。あんな生き方もできるんだ」といったらしい。

めめは生き急いだ。三十五年の人生に多くのことを凝縮しすぎた。わたしは折にふれて、「こんなとき、めめがいたら」と思い、めめの笑顔を瞼《まぶた》に浮かべる。めめから来た多くの手紙を読み返して、胸がいっぱいになった。

いおりんのこと――追悼・藤原伊織

いおりん作のやきものの花瓶が玄関に飾ってある。花瓶といっても、高さが五十センチ、幅が三十センチもある大きなものだから、うちに来たひとはみんな、傘立だという。ま、傘立でも花瓶でもいいが、いおりんの豪快な絵付けがなされた優品であることにはちがいない。この花瓶をわたしは中古の軽自動車が買えるほどの値段で買ったのだが、そもそも、どうしてそんな大枚をはたいたのか。これには理由がある。

もう十年ぐらい前になるだろうか、いおりんがまだ電通にいたころ、彼のプロデュースで〝やきもの入門〟というイベントが企画され、東野圭吾や俵万智など、六人の著名人が土をこねて作品をつくった。その制作過程はビデオに撮られ、アラーキーの撮影で写真集になり、各々の作品は銀座の画廊で展示されたあと、入札によって即売された。売上金はどこかに寄付されたが、それは忘れた。

わたしはいおりんに誘われて、はるばる東京まで展覧会を見に行った。青磁や白磁や染付など作品は百点近くあったが、中でいちばんよかったのがいおりんの花瓶だった。わたしは迷うことなく入札し、夜はいおりんと麻雀をした。中古の軽自動車が買えるほど負けたおかげで、いおりんの花瓶はめでたくわたしが落札し、いまはうちの玄関に鎮座しているのである。

いおりんとはとにかく、会うたびに麻雀をした。勝ったらよろこび、負けたら泣く。いおりんは大阪人らしく、ものごとに恰好《かっこう》をつけることがなく、いつも〝笑ってやってください〟のサービス精神にあふれていた。そんなカラッとして明るい雀士はそう多くいるものではない。

麻雀に限らず、競輪競馬やカジノなど、ギャンブルはそのひとの性《しょう》を浮き彫りにするとわたしは考えている。飲む、打つ、買う、のうち、打つに傾いている人間は本質的に〝楽して金を稼ぎたい〟〝遊んで金儲けがしたい〟というユルい望みをもっていて、ここに人間的な弱みと隙がある。わたしはそういう隙だらけの人間が好きで、いおりんのことが大好きだった（むろん、いおりんはまっとうな常識人だからコアの部分は強固だが、それをつつむもろもろのものは融通無碍《ゆうずうむげ》でとても柔らかかった）。そうして、いおりんもまた、わたしの隙とユルさを好いていてくれたと思う。

いおりんとはパーティー会場でよくいっしょになった。菊池寛賞の授賞パーティーなどは作家だけでなく各界の著名人も来るから、ふたりで「有名人ウォッチングをしようぜ」と、会場を歩いたものだった。ほくろの多い作詞家を見て、「あのひとは顔が水玉模様やな」といい、女性アナウンサーを見て、「あの子はカメラ写りがわるい。本物のほうがずっときれいやで」といい、某女優を見て、「あれはあかん。胸がない」と、勝手なことをいいあったのは、おたがい学生のころのノリだった。

いおりんは若いころの飲みすぎのせいで、ビールを四、五本飲むと、ぱったり電池が切れたように眠り込んでしまった。麻雀の途中でふいに動きがとまり、「ほら、いおりんの番やで」と揺り起こすと、よろよろ牌をツモって不要牌を切り、また動かなくなる。麻雀はそこでお開きになるが、雑巾と化したいおりんを棄《す》てて帰るわけにはいかないから、メンバーの誰かがいおりんを背負ってタクシーに乗せるはめになる。わたしも何度か、いおりんを雀荘から担ぎ出したことがあるが、クラゲやコンニャクのように脱力した人間は、こちらが腰くだけになるほど重いのだ。「いまどき、こんなすごい酔い方をするひとは珍しいね」と、タクシーの運転手がしみじみそういったのをいまも憶《おぼ》えている。

いおりんは約二年半にわたる食道ガンとの闘いの末に亡くなった。

食事のとき、喉にものがつかえる感じがして検査を受けたとき、既に〝ステージ4〟の食道ガンだった。手術が困難だったため放射線治療と抗ガン剤治療を受けたが、これが効いてガン細胞は消滅した。奇跡的に治癒したとわたしたちもよろこび、いおりんも元気でよく麻雀をしたが、一年ほどして突如、再発した。

食道のガンが気管に浸潤していたが、国立がんセンターで手術をし、それはうまくいった。いおりんは復帰したが、ガン細胞を完全には切除しきれておらず、抗ガン剤による化学療法をつづけた。

わたしは見舞いと称して、ときどきいおりんと麻雀をしたが、会うたびにいおりんは痩せていった。いおりんは愚痴や弱音などいっさい吐かず、恬淡《てんたん》としていた。これほど冷静で理性的な患者は珍しい、とがんセンターの医師や看護師が口をそろえていっていた。

そうして今年（二〇〇七年）の春、誤嚥《ごえん》による肺炎で入院し、口からものを食べられなくなった。栄養剤の点滴だけでは急激に体力が失われる。いおりんはますます痩せたが、麻雀でわたしを「黒焦げにしちゃる」と意気軒昂《けんこう》だった。

最後に見舞いに行ったとき、いおりんは酸素マスクをしていた。痛みどめのモルヒネで意識は薄れているようだったが、わたしの呼びかけには「おう」と返事をしてくれた。いおりんが元気だったころ、電話はいつも「おう」の一声からはじまった。

いおりんはその四日後に逝った。享年五十九。あまりにも早い死だった。

思えば、わたしは少しずつ、少しずつ、いおりんとの別れを意識し、心の準備をしていたのかもしれない。いおりんと麻雀をしていても、あと何回、いっしょに卓を囲めるかな、と考えていた。そういう感傷はいおりんにわるいと知りながら、埒《らち》もないことを喋《しゃべ》り、笑っていた。ギャンブラーは往々にして心の奥底に荒《すさ》んだものを宿しているものだが、いおりんには そんな翳《かげ》りがかけらもなかった。あれほど高潔で心根のやさしいギャンブラーは、いおりんのほかにいなかった。たった十一年だが、いおりんと知り合い、東京へ行くたびにへろへろになるまで遊んだ日々がいとおしい。

いおりんとは小説の話などしなかった。それはおたがい、書いた作品を読むことで理解できる。いおりんの根幹は理だが、小説においては情のひとだった。いっしょに酒を飲み、麻雀をし、ときにはサイコロやカードをして、勝った負けたと笑っているだけで充分に通じあえた。男の友だちとはそういうものだろう。

いおりん、ほんと、いっぱい遊んでくれてありがとう。

Ⅴ　自作解説

『文福茶釜』のこと

あるとき、編集者と美術品の話をしていて、偽物《にせもの》をモチーフにした短編シリーズを書いてみませんか、といわれた。

「偽物ね……」わたしはしばし考えた。ものになるかもしれない。テレビの鑑定番組を見ていて、なんでこんな出来のわるい絵を持ち込んだんや、と呆《あき》れかえり、よくぞここまで欲惚《ぼ》けしたもんや、と自分を棚に上げて笑うことがよくあったからである。

そう、古くは永仁《えいにん》の壺贋作《つぼがんさく》事件から最近の佐伯祐三《さえきゆうぞう》発見まで、偽物騒動は枚挙にいとまがない。書画骨董《こっとう》の世界を舞台にした騙《だま》し騙されの人間模様を書いたらおもしろいのではないかと思った。

わたしは美大の彫刻科を出て商業施設の建築意匠をし、転職して、十年間、府立高校の美術教師をした。骨董や古美術は自分のフィールドではないが、絵の巧拙、彫刻や陶磁器の制作技術について、少しばかりの基礎知識はある。がしかし、取材にいって聞くプロの話はあっけにとられるような生々しさで、半可な知識では太刀打ちできないリアリティーがあった。

「日本橋《にっぽんばし》に老舗《しにせ》の機械商社があるんやけど、そこの先代が骨董狂いでね、亡くなる前は何十人という道具屋がハイエナみたいに集まりましたわ」

西天満《にしてんま》に店をもつ古美術商のKさんがいった。

「先代は脳梗塞でぼんやりしてるさかい、腐って箍《たが》の外れた桶《おけ》でも、『○○寺の仏具です』と持っていったら『買《こ》うとけ、買うとけ』ですねん。それで先代が死んだら、道具屋が寄ってたかって買いもどしにかかる。値段はせいぜい売値の十分の一で、これをまた他の客に転売する。道具をぐるぐるまわすだけで何回でも儲《もう》かるんですわ」

「素人客が掘り出し物を当てるというようなことはないんですか」

「客に掘り出し物を売ってどないしますねん。我々の儲けがありませんがな」Kさんは笑って、「俗に『強盗・窃盗・骨董』といいますねん。目利きの甘いやつが貧乏くじをひくんです」

安物買いの銭失い。サラリーマンのボーナス程度で買えるような古美術品は、まちがっても値上がりしないという。

「先祖伝来の掛軸とか屏風絵というのは？」

「あきませんな。先祖が騙されて買うたもんばっかりです」

名品は旧大名家や豪商の家にしかない。地方の旧家には必ずといっていいほど『雪舟』『応挙』『崋山《かざん》』『竹田《ちくでん》』などがあるが、本物であったためしがない。ベテランの古美術商は家の構えを見ただけで蔵の道具類の見当がつくらしい。

京都の表具屋の長老、Yさんの話もおもしろかった。Yさんは六十年も日本画の表装をしている。

「わしは鑑定人やないさかい鑑定料をとりまへんやろ。それで『栖鳳《せいほう》』や『印象』の鑑定を頼みにくるひとがいてますわ。本物と贋物《がんぶつ》は半々ですな。わしが本物やというたら、正式な鑑定人のとこへ行って鑑定証をもらいますんや」

大家の絵は無駄な線がなく、筆に勢いがある。しかしながら「大観」や「玉堂」は同じ構図の絵がたくさんあるため真贋の判断がむずかしく、「鉄斎」のような墨絵は誰でも描くからプロでも分からないことが多いとYさんはいった。

「落款《らっかん》や箱書きはどうなんですか」

「箱書きや印章はごまかせても、サインは真似しにくいね。あれは瞬間的に書きまっさかい」

Yさんは表具屋だから掛軸を額に仕立て直したりする。そのときに残った掛軸の箱を譲り受けて道具屋に売ることもあるという。

「大家のサインや花押《かおう》の書いてある箱は高い値で取引されるんですわ。道具屋はその箱に贋物を入れて地方の道具屋に売りつける。そうして転売されるうちに、本物に化けますんや」

「偽物が増えるばっかりやないですか」

「客は宝くじを買うつもりで贋物に手を出すんです」

踏んだり蹴ったりだ。コレクターに救いはない。

大阪心斎橋の老舗画廊のオーナーにはこんな質問をした。

「画家が死んだら、絵の値段が下がるというのはほんまですか」

「日本の近代作家に限っていうなら、ほぼ例外なくそうですね」オーナーはうなずいて、

「物故作家の値がみんな上がるとしたらどうなります。明治、大正、昭和、平成、次から次に生産されて市場に蓄積し、かつ高騰しつづける莫大な量の絵を、いったい誰が買い支えるんです。どこにそんな巨大資本があるんです。絵というのは食料や消費財とちがって、いったん生産されたら半永久的に残るものなんです」

「つまり、間引きをせんといかんのですね」

「一部例外はあるけど、間引きの対象は若いうちから名の売れた多作家です」

彼らは生涯に何千点という作品を世に送り出しているから、当然そこには類似性が生じるし、飽きられもする。時代の流れ、生活様式の変化とともに客の好みも変わる。広い、長期的視野で見るとき、物故作家の絵が風化し、評価が薄れるのは必然の結果であり、そうして順繰りに各時代の人気作家が消えていくことで、あとにつづく作家が画壇に登場できるのだとSさんはいった。

「目利きのできんマニアは、いったいなにを信じて美術品を買《こ》うたらいいんですか」

「書画はそもそも眺めて楽しむもんです。それを投機の対象にして値上がりを待つというのがおかしい。そうは思いませんか」

やはり、掘り出し物を当てるのは宝くじよりむずかしいらしい。偽物も本物も経済原理の中で動いている。

『文福茶釜』にはこんな話をたくさん書いた。

世の中〝後妻業〟だらけ――『後妻業』

関西で発覚した資産家老人の連続不審死事件は、筧千佐子《かけひ》容疑者（68）の結婚相談所を利用したり、事前に遺言公正証書を作成するといった手口から、ある小説との類似点が話題になっている。二〇一四年八月に刊行された、黒川博行さんの直木賞受賞第一作『後妻業』だ。

物語は、九十一歳の中瀬耕造が屋外で倒れるシーンから始まる。耕造は老年になってから小夜子と再婚し、遺産を全て彼女に相続させるようにしていたのだ。しかし、小夜子の周りではこれまでに何人もの夫が死んでいた――。

最近は「千佐子容疑者が『後妻業』のモデルですか」とよく聞かれるんですが、それは違います。小説は、知人女性とその父親が巻き込まれた事件を参考にしているんです。雑誌での連載を開始したのも二年以上前ですし。

ただ、一四年の初めごろに、事件を先行して記事にしていた週刊誌を読んで、当時は仮名でしたが、千佐子容疑者の存在を知りました。ここまで似てるんかと驚いたと同時に、他にも類似の事件がいっぱいあるだろうなと確信しました。そこからは急いで改稿作業に取り組みました。本当は書籍化はもう少し先の予定だったんです。でも、事件化した後に小説が刊行されたら真似したように思われますから。

小説執筆の最初のきっかけは四年くらい前でしょうか。「九十歳のお父さんに結婚相談所で出会った七十八歳の後妻が来たけど、同居もせずに通い婚なんです」という話を知人から聞きました。

それから一年くらいたってそのお父さんが脳梗塞で入院するんですが、話を聞くと不審なことだらけでした。そもそも、夕方公園で倒れたのに、後妻は救急車も呼ばず、家に連れて帰ったまま、次の日の朝までなにもしなかった。たまたま近所の人が倒れた現場を目撃しており、病院に連れて行くべきだと説得してようやく入院させたのですが、脳梗塞患者を半日もほっておいたら悪化するのは当たり前。入院したときには喋れないうえに、身体も動かない状態になっていたそうです。

さらに、初めはナースステーションに一番近い部屋だったのが、後妻の手配で最も離れた個室にうつされたり、後妻が見舞いに来ると点滴が外れていたこともあったようです。

知人はこのままでは父が殺されると思い、後妻が見舞いに来る際には看護師にも同席してもらうよう頼んでいましたが、ほどなくお父さんは亡くなってしまいます。

するとと後妻は本性を現しました。実は彼女は入籍もしておらず、内縁の妻だったんです。さらに遺言公正証書を作成しており、遺産は全て相続させてもらうと宣言したそうです。ミステリーを書いているので、遺言公正証書の効力は知っていました。しかし、一般の人は普通そんなこと知らないでしょう。後妻に知恵を授けた人間がいるはずです。実際、後妻の家に知人が電話したところ、弟を名乗る男が同居していたそうです。僕はこの男が怪しいなと思いました。

これらの話を聞いた段階で、これは限りなく犯罪に近いなと思って、刑事事件に詳しい弁護士を僕が知人に紹介したんです。でも、その弁護士も遺言公正証書が作られていたことから、遺産を取り戻すのは難しいという見解でした。

知人はさらに別の弁護士にも相談し、結果的に興信所を使って後妻の情報を得ようとしました。すると、少なくともここ九年の間にお父さんを除いて、四人の夫が死んでいることが明らかになったんです。ただ、千佐子容疑者と違って毒を使っていたわけではないので、事件化するのは難しいようでした。

小説では、小夜子という魔性の女が登場しますが、彼女が語り手だと面白くないので、亡くなった中瀬耕造の娘の朋美、探偵の本多、結婚相談所の柏木という三人を視点人物にして、外側から小夜子の姿に迫りました。結婚相談所側と小夜子がグルというのはあくまでもフィクションの中での設定です。

また、実在の事件が面白いからといって、それで小説も面白くなるとは限らない。僕の場合はプロットよりキャラクターが魅力的に動くかどうか。『後妻業』の場合は元不良刑事でもある探偵の本多を登場させたあたりで、これは質のいい小説になるなという実感がありました。いつもだいたい長編の三分の一くらいまで書いたあたりで、完成した時の出来の良し悪しはなんとなく分かるんです。これは失敗したかな、と思うとモチベーションが上がらないまま最後まで書き続けることになるんですが、今回は最後まで手ごたえを感じながら書けました。

小説のタイトルもすっと決まりましたね。知人から話を聞いているうちに、〝後妻業〟という言葉が出てきて、これほどうまく事件を表している言葉もないし、なにより字面《じづら》にインパクトがありました。近頃の報道を見ても、〝オレオレ詐欺〟のように、犯罪の種類そのものが〝後妻業〟という風に呼ばれるようになっていて、定着していきそうな感があります。

今回の事件発覚後、インタビューをいくつも受けた中で〝後妻業〟を防ぐためにどうすればいいかという話をよく聞かれたのですが、根本的な解決策はありません。強いて言うなら子供が親と同居することくらいでしょうか。

難しいのは、男のほうも騙されているということを薄々感じているケースが実は多いことです。僕が小説のために取材した中でも、遺言公正証書を作成する際に周りから止められた人がいたのですが、彼は「騙されてるのはわかってる」と言ったそうです。

男性は女性に比べて孤独に弱いので、たとえ通い婚であっても話し相手が欲しくなってしまう。いくらお金を持っていても、墓の中まで持っていけるわけではない。子供に面倒を見てもらえないなら、お金を出して看取ってくれる人が欲しいと思うのもしょうがない。「遠くの子供より、近くの悪妻」なんです。

今後さらに高齢化社会が進むので、〝後妻業〟も増えていくでしょう。オレオレ詐欺が、とにかく電話をかけまくって騙《だま》せそうな人間を探さなければならないのに対し、結婚相談所に登録しているという段階で、対象者が再婚に前向きな状態であることはわかる。しかも相談所には年齢や資産、家族構成を提出しなければならないので、女性からしたら会員登録料はかかるかもしれませんが、ターゲットは簡単に見つかりますよね。

実際に取材したところ、結婚相談所では、高齢で資産家だとめちゃくちゃモテるんです。女性の側も年齢の面からそこまで美醜が問われるわけではないし、口さえ上手《うま》ければ後妻になれる可能性はぐっと高まる。結婚相談所以外でも、入院中の資産家の男性が、同じ病院に入院している女性と結婚していたことを子供が死後に知ったという話もありました。

　保険金が絡んでいないというのも、手口として新しいですよね。これまで保険金目当てで人を殺すという事件は数多《あまた》ありますが、〝後妻業〟は死ぬのを待てばいいというところでも事件化が難しい。千佐子容疑者のように毒物を使わなくても死に近づける方法はいくらでもあります。老人はだいたい持病を持っていて、薬が手放せない。たとえば血液をサラサラにする薬を常用している人がいるとして、一カ月ほど胃薬かなんかと取りかえておけば血がドロドロになって脳梗塞を誘発するでしょうし、知人のお父さんのケースのように、倒れても知らないフリをしてしばらくほうっておけば重篤な症状になるのは明らかです。そこまでしなくても、単に亡くなるまで何年か待ってもいいわけで、そういう消極的〝後妻業〟も含めるといまの世の中は後妻業だらけですよ。

贋作はなくならない――『騙る』

事件が明るみに出て自分の小説と似ていると思った。偽版画事件のことだ。わたしが今回の事件をどうみたか、ちょっとお話ししましょう。

大阪の画商が奈良の版画作家に贋作を制作させ、美術オークションや大手百貨店で一枚数十万～数百万円で販売。今年（二〇二一年）九月、二人は警視庁に著作権法違反容疑で逮捕された。

わたしは美大出身で妻が日本画家なこともあり、美術業界の知り合いが多い。彼らのツテを辿《たど》って取材し、これまで〝贋作《がんさく》美術短篇シリーズ〟を三作上梓した。そこで見聞したのはネットでは知ることのできない、魑魅魍魎《ちみもうりょう》の世界だった。

昨年十二月に刊行した『騙る』に「乾隆御墨《けんりゅうぎょぼく》」という一篇がある。今回の事件と同じで、画商が〝図《え》を描き〟贋作職人に偽の書画を制作させる。小説の世界では、この悪徳画商を懲らしめようと、さらなるコンゲーム（化かし合い）が繰り広げられていくが、現実はそうもいかないらしい。

今回、平山郁夫、東山魁夷《かいい》、片岡球子《たまこ》など、日本画の巨匠と称される画家たちの絵画を基にした版画が贋作だった。目の付け所が良いと思う。

贋作の餌食《えじき》になる画家の条件がある。まず、物故者であること。生前は画家自ら版画を確認できるから贋作の大量制作は難しい。テレビの某番組で鑑定される作品は物故者の作品ばかりを扱う。現存作家の作品も含めて無作為に鑑定していたら「真贋がちがう」と訴えられるリスクがあるからだろう。

それから、物故作家が多作であること。今回、片岡球子の「桜咲く富士」の偽版画は二十点以上確認されている。

片岡球子は富士山を描いた作品が多い。平山郁夫もシルクロードシリーズを量産し、バブル期は美術界に毎年三十億円もの利益をもたらしていたと聞く。

なぜ、多作なのか。それは単純で、需要があるから。人は家に著名画家の絵（ただしそれは版画だが）を飾ることをステータスにしたい。だから画商は平山らに群がり多くの版画が複製された。

版画すなわち複製画だから贋作が紛れ込んでいても気づかれにくい。プロの版画家が仕立てた〝出来が良い〟ものなら余計に真贋判定が難しい。著作権者や業者がいちいち鑑定するのは労力がかかる。正式な機関で鑑定したら相応の鑑定料をとられる。

今回の取引の場に「交換会」が利用されていたが、わたしの小説と詐欺の舞台が同じだった。

交換会とは業者向けの内輪のオークションのこと。鑑定はなく、あくまでも業者の責任で入札する。

わたしも小説の取材で交換会に行ったことが何度かある。ひと目で気がつく贋物ばかりで絵の右下には（円山）「応挙」や（谷）「文晁」とご丁寧にサインまであった。交換会の格が落ちるほど贋作が多くなる。

贋作だと分かっていて交換会に出品する画商もいる。彼らに本物か偽物かどうかを気にする良心はない。贋作でも売れるものは売る。法外な値で偽物をつかまされれば、〝眼が甘い〟と嗤《わら》われるだけなのだ。

今回の偽版画事件でも、怪しいと思った人はいたはず。画商の会社名義の口座には約六億二千万円の残高があったという。儲《もう》けたカネで派手に遊んでいたと聞くから同業者からのやっかみもあって事件化したのではないか。欲が深すぎたのだ。

贋作はなくならない。事件の影響で版画の流通が停滞しているらしいが、また亡霊のように出没するだろう。バブルの頃にも「アイドル版画」と呼ばれる濫作《らんさく》版画が横行した。心斎橋の商店街で綺麗《きれい》なお姉さんに画廊に連れ込まれ、原価数千円の版画を四十、五十万円で売りつけられるデート商法の被害にあった人が続出した。

ネットオークションにも贋作がよく出品されている。今の時代、パソコンソフトや印刷技術で精巧に作られる。妻の作品の贋作も時々出品される。絵は下手くそだが、印章だけは本物そっくり。

ただ、冷静になってほしい。そもそも、今回、贋作になった元の作品は、版画になることを前提として描かれていない絵画だ。版画になった時点で、そこにはなんの値打ちもない。当然、リセールなんか期待できるわけもない。同じ複製品がいくつもあるという約束で刷られた版画にあまり高いカネは出さないほうが得策だろう。

直木賞を受賞して――『破門』

愛媛県今治で生まれた。父親と母親が瀬戸内を行き来する機帆船に乗っていたので、わたしは幼稚園にあがるまで船の上で育った。当然だが、船に同じ年頃の子どもはおらず、ひとり絵本を読みながら暮らした。その幼児体験がいまにいたるマイペース、出たとこ勝負体質につながっているのかもしれない。

幼稚園を中退し、大阪に引っ越した。小学校、中学校はこれといった思い出なし。高校はおもしろかった。遊びほうけてばかりで、勉強した記憶はまったくない。

はじめて自分の進路を考えたのは高校三年の夏休みだった。友だちはみんな進学しようとしていたし、わたしも就職するのはいやだったから、とりあえず受験はするつもりだったが、さて、どういう大学へ行きたいかという目標がない。理数系は嫌いだったし、成績もわるかったから、私学の文系を受けるしかなかったが、私学は金がかかる。国公立の大学で行けそうなところを探したら、美術系の大学があった。それで漠然と、デザイナーになりたいと思った。なにをデザインしたいと考えたわけではないけれど。

　美大を受験するには実技を習わないといけないから、専門の予備校に行った。デッサン、色彩構成、立体構成と、わりに熱心に習練した。日頃はぐうたらだが、鼻先にニンジンがぶらさがると走る癖《へき》がある。

　で、受験の願書を出した。デザイン科の倍率は三十倍。目が眩《くら》んだ。一次試験のときはひとつの教室に六十人ほどの受験者がいたが、ここからふたりしか入学できへんのか、と考えたら、宝くじを買ったような気がした。当然のごとく不合格。

　親に無理をいって浪人した。ウィークデーは昼前に起きてパチンコ屋に行き、打っていると浪人仲間が集まってくる。四人そろうと近くの雀荘に移動して卓を囲む。週末はキタやミナミに出て〝ナンパ〟をした。遊びに忙しくて勉強する暇がない。二回目の受験もみごとに失敗した。

　親も息子の自堕落を見て、このままではろくでもない人間になると思ったのだろう、船に乗れ、といった。父親は内航タンカーの船主船長だった。

　船乗りはむちゃくちゃしんどかった。いちばんの下っ端だから、寝る間もないほど働いた。この苦界《くがい》から脱するためには、もう一度、美大にトライするしかないと思い定めて、デザイン科より倍率の低い彫刻科を受験したら奇跡的に合格した。

四年間、美大で遊び暮らし、学生結婚した。働きたくはなかったが、所帯を持ったからには固定収入を得ないといけない。彫刻科の教授が、ある大手スーパーが新卒をひとり欲しがってる、誰でもええから行かへんか、というからわたしが手をあげた。

大手スーパーの店舗意匠課に入ったが、課長が腐っていた。毎晩のように業者の接待で酒を飲む。わたしも麻雀ばかりして遅刻を繰り返す典型的な不良社員だった。

スーパーの仕事になんのおもしろみも感じず、大阪府の教員採用試験を受けて合格した。これでようやく一生の仕事を得られたと、美大に合格したときより、もっとうれしかった。高校の美術教師になり、夏休みや春休みには造型作品を制作して個展を開いた。

教師生活の七年目、第一回サントリーミステリー大賞の公募を知り、生まれてはじめて小説というものを書いて応募したら、ビギナーズラックで佳作賞をもらった。

世の中がバブルにさしかかっていた時期だから、出版社から注文もきてミステリーを書きつづける。

三年ほど教師と原稿書きの二足のわらじを履いたが、どうにも保《も》たなくなり、教師のわらじを脱いだ。それからずっと原稿で食っている。

六十五歳にして年金と直木賞がいっしょにきた。うれしい。教師の採用試験に受かったときより、まだうれしいことがあったのだと、いま実感している。

「疫病神」シリーズ一言コメント

疫病神

KADOKAWA／角川文庫

1997年３月　新潮社
2000年１月　新潮文庫
2014年12月　角川文庫

桑原と二宮のコンビは映画『悪名』をモデルとして出てきたんです。当時、産業廃棄物がヤクザの利権に絡んでいるとは、あまり知られていなかった。なので、これでストーリーを転がしていけると思いついたけど、具体的なことは考えていなかった。お互いが嫌っている、お互いを疫病神だと思っている二人を書いたのは結果的には面白かったのかも。意図して書いたわけじゃないけど、結果的にあそこでキャラクターができた。

北朝鮮……巨悪の固まりですよ(笑)。このコンビが北朝鮮にいったらどんなことになるか、というのを書いて、わりに成功したと思います。取材も二回、平壌《ピョンヤン》に五日間、羅先《ラソン》特別市に五日間。監視がまあとにかく鬱陶しかった。こちらは編集者と二人だけ。向こうは観光社の人間、通訳、インフラを売り込もうとしている責任者、その三人を監視する朝鮮労働党のお偉いさん、その四人がたった二人にずっとくっついてくる。ミニバスに乗せられて「ここ見て、ここ見て」と、自由なんてなかった。

文春文庫

国境

2001年11月　講談社／2003年10月　講談社文庫
2014年12月　文春文庫【上・下】

幻冬舎文庫　新装版

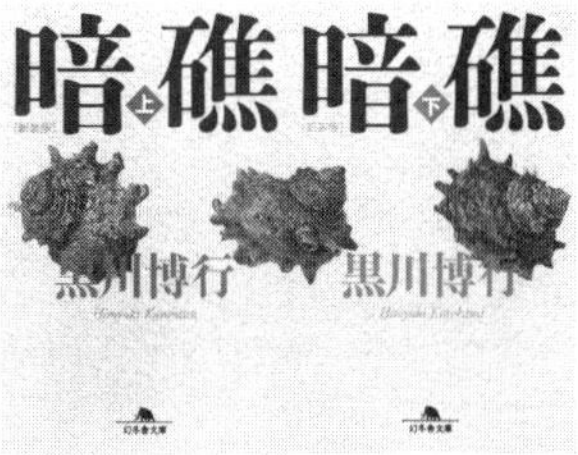

暗礁

「佐川急便事件」をモデルにして書きました。全作品に言えることですが、書くときのこだわりがあるとすれば、〝映画のような一シーン〟にすること。特にアクション場面では、映画の一シーンが頭に出てきて、それを書き留めるというような形ですね。「ここでライトが当たる」とか「スーッとシーンが流れていく」とか、そういうところは自分で想像して書いています。

2005年10月　幻冬舎
2007年10月　幻冬舎文庫【上・下】
2024年10月　幻冬舎文庫新装版【上・下】

KADOKAWA／角川文庫

螻《け》蛄《ら》

新興宗教を巨悪として書いたものはわりにあるんですけど、既存の伝統仏教……あれは某総本山の内紛ですね……を題材にしているものはあまりなかった。当時あった事件を取材して書きました。

2009年７月　新潮社
2012年１月　新潮文庫
2015年11月　角川文庫

シリーズを通じて桑原がスーパーヒーローになりすぎていると編集者に言われたので、困らせてやろうと。とにかく桑原が追い詰められる……それを極力シンプルに書こうとした作品です。

2014年１月　KADOKAWA
2016年11月　角川文庫

KADOKAWA／角川文庫

破門

「疫病神シリーズ」一言コメント

KADOKAWA／角川文庫

喧《すて》嘩《ごろ》

2016年12月 KADOKAWA
2019年4月 角川文庫

『破門』で直木賞をもらい、早く次作を、と月刊誌に連載した作品です。政治家と秘書の不正を現実の事件を参考にしつつ書きすすめました。たくさん取材しましたが、政治家というやつはひどい。とりわけ二世議員、三世議員の品性下劣はどうしようもないと実感しました。

前作の『喧嘩』がストレートなストーリーだったので、今作は少し入り組んだものにしようと考えました。桑原とオレオレ詐欺グループの対決は中盤で、桑原の心肺停止は終盤近くになって思いつきました。

文春文庫

2018年6月 文藝春秋
2021年6月 文春文庫

泥《ぬか》濘《るみ》

Ⅵ　直木賞受賞記念エッセイ&対談

読んできた本――自伝エッセイ

創元推理文庫の『二度のお別れ』が出版される前のことだった。わたしはネットオークションを眺めていて、ふと、おれの本も売ってるんかいな、と思いつき〝本・雑誌〟の〝黒川博行〟を検索してみた。十冊ほど売りに出ている。「へーえ、けっこう多いやおまへんか」にやりとした次の瞬間、『暗闇のセレナーデ・徳間文庫』とあるのを見てびっくりした。

おいおい、『暗闇のセレナーデ』の文庫本なんか知らんで――。あわててクリックしたら、なんと、確かにわたしの文庫本だ。〝黒川雅子〟という同じ家で寝起きしている人物がカバーイラストを描いている。哀《かな》しいかな、わたしはこの本の存在を完全に忘れていたのだった。

文庫本には千二百円の値がついていた。欲しいが、自分の本を買うのは洒落《しゃれ》にならない。

三百円くらいなら、さっさと入札するけれど。

暗闇の文庫本、ほんまにないんかいな――。埃《ほこり》の積もった書棚を隅から隅まで探したが、単行本が一冊見つかっただけで、文庫本はなかった。なんたる管理不行届きか。同じようにわたしの初期の作品『二度のお別れ』『雨に殺せば』『海の稜線』『ドアの向こうに』の文庫本はどれも一冊ずつしかなかった。四点ともわたしがカバーデザインをしたり、よめはんがカバーイラストを描いていながら、この杜撰《ずさん》さだから世話はない。

わたしはよめはんを呼んだ。

「暗闇の文庫、入札したほうがええかな」

「いくら？」

「千二百円」

「やめとき」

よめはんは冷たくいった。

「それより、わたしにむりやりカバーを描かせた本が家にないって、どうなんよ」

「それはやな、四暗刻や大三元をアガっても、点棒をもろたら忘れるのといっしょなんや」

「誰が麻雀の話をしなさいというたんや」

「いや、本を出しても、印税をもろたら忘れるやろ」
「ほんまに、なんでここまでショートしたんやろ。頭」
よめはんはプッとひとつ放屁《ほうひ》して去っていった。

一説によると、ひとの記憶システムには『映像型』と『記録型』というのがあり、よめはんのそれは映像型の典型であるらしい。

たとえば、友だちと城崎《きのさき》あたりの温泉に行ったとする。よめはんは現地へ着くまでの景色から旅館のようす、部屋の間取り、料理の味、友だちの服装まで、訊くとつぶさに答えることができる。「最初の晩はすき焼きで、Aちゃんが砂糖をドボッと入れたもんやから、甘すぎて食べられへんかった。Bちゃんは酔うた勢いでC子の膝に手を置いたりして、思い切りつねられたやんか」と、宴会の席の配置からその場のやりとりまで、いちいち再現するのだから驚いてしまう。

つまるところ、よめはんの脳はそういう身近の瑣末《さまつ》なことがらだけが表面に染みつきやすくつくられていて、大脳実質はスポンジ状態であり、だからダルビッシュの所属チームとか、メダカとカダヤシの見分け方とか、コノワタの原材料とか、いわゆる世間常識というやつがまるでない。このあいだテレビを見ていて「この子、誰?」と訊くから、「石川遼や」と答えると、「わっ、芸能通」と感心するほどの的外れ。そのくせ、わたしが苦笑したりすると、「そんなつまらんことばっかり知ってるからハゲになるんや」と逆襲してくる。円形脱毛症でわるかったたな、え。

で、わたしのほうは、よめはんのごとく網膜に焼きついた映像記憶がほとんどない。「十年ほど前、城崎に行った。友だちと行った。車が渋滞してたから現地に着いたときは日が暮れてた。旅館の料理は憶《おぼ》えてへん。一泊か二泊かは忘れた。まぁ、楽しかったんやろな」と、この程度の記憶なのだから世話はない。城崎、温泉、渋滞――と、いくつかのキーワードがあり、それらをつなぎあわせながらプロセスをたどっていく。

小学校一、二年の担任は○○長一郎、三、四年は△△順一、五、六年は○○たまえ――。先生の名前は記録として憶えているが、さてどんな先生だったかは茫漠《ぼうばく》として霞《かすみ》の彼方。

夫婦喧嘩して必ず負けるのは、よめはんがすぐに古い昔のことを持ち出すせいで、「××を産んだとき、わたしが病院でウンウンうなってるのに、あんたは家で麻雀してた。朝になって、海苔巻いただけのおにぎり持ってきたけど、そんなの食べられる状態やないて分からんの。夫としての誠意がないやんか。ね、ほんまに反省してる？」

そんなふうに責められると、息子の誕生日しか憶えていないわたしとしては、ただただ頭《こうべ》を垂れるしかない。

「楽しいことも哀しいこともそのときだけ。なにをしても、どこに連れてっても憶えてないんやから、せいがないわ」

おっしゃるとおりでございます。麻雀の勝ち負けも、このごろはすぐに忘れます。

さて、直木賞受賞後のあるインタビューで、子どものころから本がお好きだったのですか、と訊かれた。はい、好きでした——と、わたし。

「読書環境はどうでしたか」

「いや、小説本は一冊もなかったですよ、家に」

「ほんとですか」

「父親は船乗りでした。母親は新聞も読みません。妹も本を読まへんし、いまだにぼくの小説も読みません。よめはんは読んでくれるけど、感想を訊いたら、おもしろい、というだけやし、まるで信用できんのです」

「じゃ、おひとりだけですか。ご家族の中で本がお好きだったのは」

「小学生のころは学級文庫を端から端まで読みました。中学は学校図書館。高校でも図書館。借りては返し、また借りる。その繰り返しでしたね」

自伝エッセイにつき、六十余年の記憶を懸命に掘り起こす——。

愛媛県今治で生まれた。父親が機帆船の船長で母親が炊事番をしていたから、わたしは小学校にあがるまで船の中で育った。同世代のこどもと遊んだことはなく、いつもひとりで絵本を読んでいた。

その幼児体験のせいか、小学生になってからも、休み時間に運動場へ出ることが少なく、教室で童話や民話ばかり読んでいた。父兄参観のたびに、こんなに協調性のない子は珍しい、と担任はいったらしいが、それは強烈な刷り込みの結果だからどうにもしようがない。わたしはとりわけ五、六年生のときの担任が嫌いで、彼女のいうことにはことごとく反抗し、廊下はもちろんのこと、職員室に立たされる回数は学年でぶっちぎりの一番という栄誉を担っていた。

そうして中学に入ると、校内図書館がある。三日に一度は〝少年少女世界文学全集〟〝世界の神話・民話〟〝古事記〟〝日本書紀〟〝西遊記〟〝三国志〟〝ラーマーヤナ〟といったたぐいの本を借りて帰り、卒業するころには読みたい本がなくなっていた。

そんな調子で、高校では〝日本文学全集〟〝西鶴〟〝馬琴〟〝雨月物語〟〝東海道中膝栗毛〟〝カフカ〟〝ユーゴー〟〝ヘミングウェイ〟などなど。山田風太郎の忍法帖シリーズや伝奇物はとてもおもしろかった。

大学では麻雀に耽《ふけ》って、阿佐田哲也の『麻雀放浪記』。これは博打の機微を流れるような筆致でとらえ、登場人物の強烈な個性もあいまって、まさに名作だと思う。啓発されてイカサマの天和や大三元を練習したが、半端な積み込みは敵を利するだけでものにはならず、嫌気がさしてやめた。わたしの小心と根気のなさでは、逆立ちしてもプロのギャンブラーにはなれない。

このころ、司馬遼太郎の作品も文庫で出るたびに読んで、その豪腕とスケールの大きさに圧倒され、自分がもし戦国や幕末の世に生きていたら白刃きらめかせて戦いに加わっていただろうと夢想したりもしたが、ある日、下宿で果物ナイフを踏んでしまい、たった二針、足の指を縫っただけで失神しそうになった。とてもじゃないが、斬り合いなんかできない。新選組なんぞの拷問にあえば、油紙どころか、打ち上げ花火とガソリンに火をつけたように、あることないこと喋り散らすだろう。

芸大を出て某大手スーパーに勤めてからは、ぱたりと本を読まなくなった。上司は経済書や実用書を読めというが、まるでおもしろくない。成り上がりの社長を賛美するチョウチン本を配られ、感想文を書けといわれたときは胃が痛くなり、アイデンティティーの喪失と引き換えでなければ昇進昇給はないと思い知る。実際、同期の大卒社員二百人のうち、毎年の昇給試験に一度も合格しなかったのはたったひとり、わたしだけだった。わたしはスーパー勤めをしながら芸大の聴講生になって、とり残していた教職課程の単位をとり、大阪府立高校美術科教員の採用試験を受けつづけて、二年目に合格した。

高校教師はおもしろかった。まだこどもで入学してきた生徒が三年間でおとなに成長する。とりわけ女子は精神年齢が男子より五歳は高く、どこへ出ても通用する社会性を身につけて卒業していった。企業の入社試験において女子学生のほうが優れているとみられるのは当然だと思う。

高校教師をしていた二十代の後半はミステリーに耽溺《たんでき》し、クリスティーやクイーンといった本格物を読みあさった。松本清張に目覚めたのもこのころで、『点と線』『ゼロの焦点』『眼の壁』、これらが一時期に集中して書かれたことを知って驚いた。いつか自分もミステリーを書きたいと、おぼろげながらに考えていた。


第一回サントリーミステリー大賞の公募を知ったのは一九八二年、三十三歳の夏だった。そのころ、わたしは抽象彫刻を作り、定期的に個展をしていたのだが、八二年はその予定がなく、夏休みがぽっかり空いた。公募の締切りは八月三十一日とある。「おれは推理小説を書く。サントリーミステリー大賞に応募する」。よめはんに宣言し、コクヨの原稿用紙を買ってきて書きはじめたのはいいが、小説というものの作法を知らない。改行したときは初めの一字分を空白にする、章変わりのときは一行をあける、せりふのカギカッコは、上が〝「〟で、下が〝」〟という具合に、文庫本を見ながら学習した。

しかしながら、小説はむずかしい。立てたプロットをどう書けばストーリーが前に進むのか、伏線をどこに配してどう収斂《しゅうれん》させれば完結するのか、皆目分からない。行きつもどりつ十日ほど書いたところでヘトヘトになり、「あかん。ギブアップや。おれは小説に向いてへん」よめはんにいうと、「男がいったん口にしたことを途中で投げ出すやて、恥ずかしいやろ。最後まで書き」と叱られた。世の中によめはんほど怖いものがないわたしは、倒れそうになりながらそのミステリーを仕上げた。そうして八月三十一日、文藝春秋に原稿を送る段になって、応募要項の〝梗概を添付〟という一文に気づいた。

はて、ベンガイとはなんやろか――。辞書を調べたが、そんな言葉はない。国語の教師に訊いて、コウガイと読むことを知った。「梗概＝物語などのあらすじ。あらまし」とある。わたしは職員会議の席で梗概を書き、タクシーで梅田の中央郵便局へ走った。八月三十一日の消印が押されたときは精も根も尽き果てていた。

十二月、文藝春秋の編集者から電話があった。サントリーミステリー大賞に応募されましたね、と訊く。そこでわたしは思い出した。確かに応募したことを。

お書きになった『二度のお別れ』が最終選考候補作となりました、と編集者はいう。候補作は三作、と聞いて、わたしはどきりとした。応募したことさえ忘れかけていたのに。

仮綴本《かりとじぼん》を作るので打ち合わせをしたい。ついては当社までお越しくださいと編集者はいった。否も応もない。ありがとうございます、わたしはいって受話器を置いた。

年明け――。東京は高校の修学旅行以来だった。紀尾井町《きおいちょう》の文藝春秋に入ると、だだっ広いカーペット敷きのロビーに応接セットがぽつんぽつんとあった。なんと、出版社というのは豪勢なんや。編集者との打ち合わせでなにを話したのか、まったく憶えていない。

サントリーミステリー大賞の公開選考会は帝国ホテルで行われた。選考委員は阿川弘之、開高健、小松左京、田辺聖子、都筑道夫と、豪華な顔ぶれだ。『二度のお別れ』は、華がないと評され、阿川さんが推してくれただけだった。あえなく三位となり、佳作賞をもらった。幸い『二度のお別れ』はソフトカバーの単行本で出版され、味をしめたわたしは第二回のミステリー大賞にも応募した。これが『雨に殺せば』で、またも佳作賞。第三回は応募せず、第四回のミステリー大賞に応募し、『キャッツアイころがった』で大賞を受賞したのだが、思えばしつこく頑張ったものだ。生まれて初めて書いた『二度のお別れ』が最終選考に残っていなかったら、わたしは二度と小説を書いていなかったし、いまは退職した高校教師として共済年金をもらっているにちがいない。

『キャッツアイ～』のあと、『海の稜線』が出版されて、高校教師を辞めた。当時は八〇年代のバブルだったから、なんとでもなる、と高をくくっていたが、世の中、そんな甘いものではなかった。駆け出しのものかきが原稿だけで食えるわけがない。高校教師の年収六百万円が二百万円弱に激減し、預金は食いつぶす、株は売り払う、よめはんには借金するの三重苦で、辞めた三年後にはにっちもさっちもいかなくなった。あれだけしんどいめしてつかんだ地方公務員の職をなんで簡単に捨てたんやろ——。後悔し、反省し、できることなら教師に復帰したかったが、できるはずもない。よめはんが黙って働いてくれるのを、日々感謝し、大きな尻に向かって手を合わせていた。

わたしはよめはんにいった。おれは八百屋になる、と。

「まずトラックを買う。朝、中央市場で野菜を仕入れて、駅前とか公園に持っていって売るんや。売れ残った野菜は家で食うたら食費が浮くやろ」「食べきれんほど残ったときはどうするのよ」「漬け物にするんや」「夏は腐ってしまうで」「せやから、八百屋は冬だけにして、夏は原稿を書く」「あんたは季節労働者か」——。

しかしながら、出版社からの注文は細々とだが途切れることはなかった。遅筆だからたくさんは書けないが、『大博打』や『迅雷』を出したころから経済事情は好転し、八百屋にはならなかった。

作家専業になっても活字中毒に変わりはなかった。いわゆる文芸書が減って、ノンフィクション、ルポルタージュ、専門書が増えたのは、自分の作品のヒント、あるいは資料にならないかという下心があるからで、法医学や犯罪学、事件物、警察関係の本は頻繁に買う。とりわけ法医学の専門書は図版や解剖写真が多く載っており、ガスで膨れあがった腐敗死体などはほんとに気味がわるい。深夜、遺体発掘場面を書いていて、ふと自分の顔が鏡に映ったりすると、思わずゾンビを連想する。わたしの作品を読んだ友だちは、ようあんな気持ちわるい描写ができるな、と眉をひそめるが、書いたわたしはもっと気持ちわるい。

最近、楽しみで読むのは将棋と動物と園芸の本が多い。

将棋は、ほんとうは実戦をしたいのだが好敵手がおらず、もっぱら将棋ソフトを相手に指している。向こうがあまりに強いので歯がたたず、どうにも悔しいから〝待った〟を連発して嫌がらせをする。ひとは嫌がらせをするとミスするが、コンピューターはまちがわない。なにをどうしようが勝てるわけがない。

動物や昆虫は生態に興味があり、それを分かりやすく解説した論文風のものがおもしろい。クジラやイルカはともかく、ダニや寄生虫の本はわくわくしながら読むが、あまり他人の共感は得られない。

園芸は『家庭の園芸百科』というような本を読み、その季節ごとの手入れや剪定《せんてい》のしかたを調べる。この春、狭い庭に見慣れぬ芽が出ていて、鉢に植えてやったら、どんどん大きくなり、クスノキだと分かった。ナンテンやヒイラギなど、鳥が運んできた木が庭のあちらこちらに生えている。

最後に『破門』に登場するマキのことを書く。

オカメインコのマキは十一時ごろに目覚めて、寝ているわたしの唇をつつく。わたしも起きて、「分かった。お腹《なか》すいてるんやろ。飯食いに行こ」

マキを肩にのせてキッチンに降りると、よめはんがそうめんを茹《ゆ》でていた。マキは麺類が好きだから食べたくてしかたない。よめはんの頭にとまって、「♪ポーポッポッポッポッポッポ」と『ロンドン橋落ちた』を歌う。

「マキちゃん、もうちょっと待って。もうすぐできるから」「ピッピキピー」「ほかのお歌もうたいなさい」「マキハドコ、マキハドコ」「マキはここ、でしょ」「ピッピッピッピーポ」

そうめんが茹であがると、マキはわたしのそばに来る。わたしはそうめんを一本つまんでマキにやる。マキはシード（アワやヒエの混合餌）も食べて、満腹になると、わたしの膝にとまる。撫《な》でろ、の合図だ。わたしは指でマキの頭をカキカキする。マキはさも気持ちよさそうに眼を細めて撫でさせる。

インコは犬や猫より感情表現が乏しいと思うが、九年もいっしょにいると、喜怒哀楽はけっこう分かる。機嫌のいいときは歌いながらよく喋《しゃべ》り、怒っているときや眠いときはジージーとぐずる。部屋にひとり取り残されると、クーン・クーンと寂しそうに鳴き、ひとがもどってくると、よろこんでピッピーとそばを歩きまわる。いつも誰かといっしょにいたいのは、先祖が野生だったころ、オーストラリアの原野で群れ暮らしていた名残だろう。

疫病神シリーズの『螻蛄《けら》』と『破門』にマキを登場させたことで、二宮という主人公のキャラクターにひとつ深みが加わったかもしれない。この直木賞受賞もマキが寄与していること大だと思う。

マキ、ありがとう。それと、よめはんにもありがとう。

対談

東野圭吾×黒川博行

「僕は運が強いんです」

黒川　対談の最初に、僕には三つありがとうと言わなければならないことがあるんです。まずはこの対談の相手を快諾してくれたこと、そして直木賞の選考委員として推してもらったこと。

東野　たいしたことはしてないです。

黒川　最後はちょっと前になるけど、文庫版『幻夜』で解説を書かせてもらって、莫大な印税をいただきました（笑）。ほんまにありがとう。

東野　ハハハ、あらためて受賞おめでとうございます（笑）。あとから聞いたんですけど、受賞が決定した記者会見の時に、ガッツポーズをしてくれとリクエストされたけども断って、笑わずに登壇されたって。

黒川　受賞されていない人もいるわけやからね。

東野　それを聞いて本当に嬉《うれ》しかった。一九八六年に『キャッツアイころがった』でサントリーミステリー大賞を受賞した時も笑わないようにしたと、昔黒川さんが話してくれました。

黒川　あの賞は公開審査で候補者が舞台に上がるんですよ。
東野　それまでに『二度のお別れ』と『雨に殺せば』でサンミスの佳作にはなったけれど受賞できなかった経緯があって。
黒川　受賞できない時は舞台の後ろに立たされたままです。
東野　さらし者になるんですよね。その時に今後何かの賞を受賞した時は、俺は絶対に笑わないと決めた、と出会った直後に聞いていて。その魂は今もまったく変わってないなと。
黒川　我々は三十年近く前に『料理天国』という芳村真理さんと西川きよしさんが司会のテレビ番組の収録で初めて出会いました。そこで二人とも大阪育ちやとわかって。僕が三十八歳、東野さんはまだ二十九歳の時で、今と変わらず好青年でした。リハーサルが多くて、控室に戻るたびに二人でビールを飲んでた覚えがあります（笑）。
東野　放送はたしか八七年ですね。収録ではお互い料理を作りました。僕は当時料理ができなかったので、冷奴にとろろを入れてレンジでチンするという付け焼刃のレシピでした。
黒川　俺は長ねぎとベーコンのチャーハンを作りました。むちゃくちゃ不味《まず》かったなぁ

（笑）。

東野　その頃、ちょうど僕が『学生街の殺人』、黒川さんが『海の稜線』を出した頃で、お互いの本を読むようになりました。

黒川　十年くらいは、ようお互い電話していました。まあだいたいは他人《ひと》の悪口で（笑）。

東野　ほかには出版社に関する情報交換とか。編集者が自分に言ったことと、黒川さんに言ったことが違うじゃないかとか（笑）。

黒川　二人で話していると、古い付き合いだけに当時の文壇の事情がよくわかります。

東野　あの頃はノベルスを中心に、ミステリーが大全盛だったでしょ。雨後の筍《たけのこ》のごとく、われわれクラスのキャリアの作家がいて。

黒川　各社がフェアや特別企画だといって、二人ともよく声をかけてもらいました。

東野　ご飯をご馳走《ちそう》されて、何月までに書き下ろしを書けとかね。ある時は料亭に十何人の若手作家が集められて、いきなり取材費を一人当たり五十万円も渡されたり。

黒川　百万円の時もあったんとちゃう？

東野　そうだったかもしれない。そのまま領収書を書かされて。札束をちらつかせてとにかく書け！　という感じでした。

黒川　出版もバブルでしたよ。今とは状況が全然違いましたね。

東野　電話ではミステリーの細かい話も結構しましたよね。

黒川　共通して読んでる小説があれば、俺はこう思うんやけど、どうかな、とかお互い感想を話し合ったり。あの作品は取材がちょっとおかしいとか。

東野　我々くらいってディテールや取材にこだわりがあった世代なんですね。調べることは大事なんですけど、当時はそれをそのまま書きすぎていた側面もあります。その点、黒川さんはすごく取材してるんだけど、書きすぎない。ポイントをきちんと押さえる書き方なんです。当時よくあった変な競争の一つに大長編競争というのがあって。

黒川　ありました（笑）。

東野　帯に原稿枚数を書いて、〝怒濤《どとう》の千五百枚！〟とか〝二千枚〟とか読者にとってまったく関係のない争いで。黒川さんはそんなアホみたいな戦いにはいっさい加わらなかった。

黒川　最近は実在の事件から材をとることが多いので、新聞記事が創作のきっかけになったり、実際の取材では新聞記者から話を聞くことが多いですね。印象深い過去の取材だと、『疫病神』の時に産廃のことを書いたので、三つか四つくらい産廃業者のところに行きました。一人で事務所に行くと他社の悪口で。色んな人に話を聞かないと僕の場合は小説が書けないんです。

東野　僕なら、話を聞くとしても相手は一人が多いですね。

黒川　一人だと自分の悪いことは言わんでしょ。A、B、Cの三人に話を聞いて、AにBの悪口を言わせ、BにCの悪口を言わせる。同じ業界なら、みんな他社の悪口を言いたいんですよ（笑）。この三人の間をとると、これなら間違いない話だと納得できる。

東野　完璧です。

黒川　いやいや、これはセンスの違いで、基本的に僕は想像力がないんです。本物の物書きのプロというのは、自分の頭の中でストーリーを作ってそれをリアリティーがあるように書けると思う。自分はその能力が不足していると感じています。

東野　それはセンスじゃなくて、タイプの違いでしょう。僕は黒川さんとは書くものの内容が違うから、そういう何か特殊な職業の人の話を聞いても、裏話じゃなくて普通に話を聞くんです。ゴシップ的な記事というのはどこかにあるので、それと自分が見聞きしたことの中間に何かがあるんじゃないかと常に意識している。

黒川　それはわかるわ。

東野　可能性を探すんですね。これについては誰もはっきりしたことを言えないというものを見つけると、ここは誰が何を言ってもいい、フィクションにできるだろうと。もし誰かがはっきりしたことを言っていたら、そこにはタッチしない。

黒川　お互い三十年この世界にいるから、いろいろテクニックはあります。

作風の変化

黒川　思い返すと、東野さんはやっぱり昔から書くのにすごい努力をしていました。電話で、今、眠たいから腕立て伏せしながら書いてるとか。自分なら眠い時は寝てしまいます。書いてきた分量も含めよく頑張ってましたよ。そういう姿勢が、今の東野圭吾を作ってるんやと思う。初版部数もいつも僕の一・五倍はあって。

東野　そんなにはなかった（笑）。黒川さんの小説が出た時は、若手の間で衝撃だったんですよ。警察が出てくる話ではあるけれど、捜査小説ではなく、刑事小説。警察のおっさんの話なんですね。誰も書こうと思わなかったし、こんなことやる作家がいるのかと。自分も警察を書く時にはしっかり書かなければという気持ちになりました。

黒川　もちろんミステリーでデビューしているんですけど、ある時期に、もうトリックはいらんわと思い始めたんですね。事件があって、刑事が証言を集めるだけの小説って動きがないでしょう。もっと人間を動かしたほうが面白いなあと考え出して、作風がコロッと変わりました。

東野　『切断』から変わりましたね。

黒川　そうそう。で、東野さんは若い時から作風がいろいろある。本格ミステリからキャラクターもの、学園ものまで、とにかくいろんな小説を書く素養がありました。

東野　やっぱり単純に謎解きもの、犯人が誰かとか、どうやったかということに興味を無くしていくという部分は確かにあって。

黒川　結局は人間を描くことになってしまうもんな。

東野　若い時はトリックを使って人を殺して、それはどんなものなのか種明かしするというオーソドックスなパターンの話を書いていたんですが、いまは絶対に書けないですね。人を殺すのにトリックを考えるという人間をまず思いつかない。

黒川　『容疑者χの献身』なんかも、なんで石神が献身的に、こんなことをしたのかという部分、つまり人間を書いてるからね。

東野　犯人はべつに人を殺すためにトリックを考えたわけじゃない。むしろ、なんで殺すんだと考えているくらいなんだけれど、誰かを守らなければならないという場面でトリックを考えざるをえなかった。もし仮に人を殺す計画だけを考えた人がいるとして、それを実行するには狂気がないと無理です。だから昔書いていた小説の中の人間が、今はまったく実在感がない。

黒川　自分の作品でも、こんなやつはおらんな、というものはいっぱいあります。若い時に書いた作品は今読むとだいたい恥ずかしいです。

東野　こんなに凝ったことをして密室なんか作らない（笑）。

黒川　『容疑者χの献身』というのは本格風ではあるけれども、そんな不自然なトリックは使ってない。やっぱり、あれは動機が重要な話だと思います。

東野　切羽詰まった状況だったということですね。黒川さんの場合も『切断』からあと、『封印』や『迅雷』、そして受賞作も、こうだからこうと人間が理屈で動いているんじゃなくて、主人公は切羽詰まってるからこう動かざるを得ない、というところに追い込まれて行動するから、読んでいても無理がありません。

大阪を書くこと

東野　加えて金が欲しいという欲望がある人物が登場するのが黒川作品ですね。今回もいちいち二宮が、何とか金を取れないか、桑原は何とか値切れないかと考えている（笑）。

黒川　それが大阪人です。オレオレ詐欺は大阪の主婦が一番ひっかからないらしいんですが、なぜかというと、身内を騙《かた》る電話の相手に、なんとかその事故をうまいこと誤魔化しなさい、と説得するのが大阪のおばさんやという人がいて。

東野　べつに騙されていないわけじゃなく、騙されてるけど、お金は払わないようにさせる。

黒川　そうそう。その話を以前、東野さんから聞いて感心しました。

東野　相手のことを息子だと信じていて「あんた、それ何とかならんのか」とか言うんですね（笑）。

黒川　だから、今大阪で多いのは還付金詐欺です。やっぱり欲が深い（笑）。

東野　大阪は「あげます」も効果的だけれど、「返ってきます」のほうが嬉しいのかも。「えっ、払い過ぎてたんかー」と思って（笑）。

黒川　気質を表してます。やっぱり大阪に住んでると、そういう人に囲まれてるわけやから、大阪しか書けないんですよね。

東野　僕は作家になった時は愛知でサラリーマンをしていて、江戸川乱歩賞の応募原稿は標準語で書きました。ただ具体的な地名は書けなかったんですよ。イメージが湧かないし、絵空事のような感じがする。これではダメだと思って、東京に住むしかないと決心しました。

黒川　デビュー当時は編集者に、大阪が舞台でもいいから東京弁の小説を書けと言われましたが、その時はなんちゅう安易な発想やと思いました。もちろん本の大半が首都圏で売れるというのは知っていましたが、大阪に住んでる人間がそんな言葉を喋《しゃべ》るわけない。そんな小説は書けません。

東野　言語はすごく気になります。『時生』を書いた当時は下町に住んでいて、小説内で初めて浅草に住んでいる男に江戸っ子弁を喋らせたんですが、書くのに勇気がいりました。僕の場合、標準語に加え、大阪弁、三河弁、江戸っ子弁をわりあいリアルに使えるのが、小さいかもしれないけど武器ですね。

黒川　台詞《せりふ》は苦労します。ずーっとパソコンの前で喋りながら書いてますね。よめはんがときどき仕事部屋に来て「また喋ってる」って言うくらい。

東野　それは喋ってみてダメなら、書き直したりするんですか？

黒川　それもあるし、純粋な大阪弁は文章にしたら意味が通じないことがたくさんあります。だから、どこまで大阪弁らしい共通語になってるか確認するために。僕の

東野　書いてるのは本物の大阪弁じゃないですよ。目で見て、頭のなかで読むと大阪弁なんだけども、それをほんとうに喋るかっていうとそうではないということですね。特に大阪弁は句読点の位置が難しい。助詞がなかったりするから。

黒川　「〜は」とか「〜が」というのはないですよね。あと台詞の分量も気になります。あんまり台詞の箇所が多いと、ツララみたいに、ページの下が真っ白くなって困るし、かといって説明しすぎるのもダメやし。

東野　そこはめちゃくちゃ考えますよね。他の人の作品で改行が下手だと本当に気になる。リズムよく読んでるのに、なんでここで目線をピッと上げなきゃいけないのかって。

黒川　そこは作者に客観性があるかどうかじゃないですか。

東野　だから僕は横書きで書いてるんですよ。

黒川　えっ、まだ横書きなん？　俺はパソコン使う前は横書きやったけど、いまは縦書きに変えたわ。書いた原稿はプリントアウトしてないの？

東野　しない。これが縦書きに変換されたらどうなるだろうって想像しながら書くんです。時には頭を九十度かたむけて、縦書きだったらこうなるかな、とか考えたり（笑）。そうすることによってとりあえずの客観性は生まれる。

黒川 それは初耳やった。

東野 黒川さんは昔、昨日書いたことをもう一回読み直すところから一日が始まるとおっしゃっていたけど、それは今も変わらず？

黒川 必ず直しますね。この場面や台詞が読む人に対して面白いかどうかというのは、わりに離れた目で見てます。自分の中の客観性というのはすごく意識していて、それがあるのがプロの物書きの最低条件やと思いますよ。

東野 よく黒川さんの台詞は漫才みたいだと言われますけれど、あんなに練り込まれた漫才は存在しません。

黒川 上方落語はすごく勉強してまして、小説に取り入れようとしていますが、漫才は決して参考にしてません。俺の書いてる台詞はそこまで下品ですかと、逆に聞きたいくらい（笑）。

東野 勢いで笑わせるとかそういうことじゃないんです。言葉の意味があって、それに対してのひっくり返しもある。俺はお前のメッセージに対してはこう答えているけれど、さらに違うこともメッセージとして伝えている。それが続くうちにいつの間にか違う話になって、次の展開に行けるんですね。ただ面白い会話で切って、改行して次に行くというのならただのやりっ放しだけど、そういう次元じゃないんです。

黒川　おっしゃる通りです。やっぱり大阪育ちの人間は深く理解できてます。

東野　大阪出身者の方が黒川さんの小説をより楽しめるのかもしれません。たとえばAとBという男がいて、黒川さんが書く会話のやり取りというのは、単純な応酬じゃなくて、次の行動をとるまでの理由にもなっているんですね。理由というのはどちらも納得しないとだめでしょう。一緒に行動するAとBが違うところに行きたいとなった時に、普通ならそこで議論が生まれます。ただ、両方とも簡単に話し合いするような人間じゃなかった時は、相手に対して自分はやり込めよう、絶対に何とか誤魔化してやろうと思惑がぶつかる。一方が完全にやり込められる時もありますが、それはこっちのほうが得だからわざとやり込められるか、というような場面だったりと、色々な仕掛けが会話文にちりばめられているんです。

黒川　ハハハハ。

東野　何がおかしいの？

黒川　いや、うまいこと解説するなあと思って（笑）。こういうのを言語化できるのはセンスです。

面白い小説とは

黒川　センスの話をすると、さっき三十年やってきたから、お互いテクニックはあると言いましたけれど、小説を書くにあたって七割がたは生まれ持ったセンスで、残りは少しずつテクニックが積み上がってうまくなっていくもんやと思います。新人賞の選考も作家がやるでしょう。それは正解です。異論はあるかもしれんけど、処女作を読んでこの人が今後書いていけるかどうかは、ある程度の経験を積んだ作家なら分かるというのは事実やと思う。

東野　ほかにも、たとえば映像で惹《ひ》かれる部分があったとして、それを小説で真似してもしょうがないですよね。自分ならなぜここで自分が引き込まれたのかを考えるんです。すると、自分のどの部分が刺激されているかわかるから、参考にしても全然違うものが出来上がる。そこ似てますね、っていわれるのは全然ダメ。それはオマージュです。そうではなくて、ここを参考にしたのにこんなものが生まれてきたんですかっていうのが出来るかどうかは、残念ながら持って生まれたものかもしれません。

黒川　あとは、リーダビリティーのあるものを書けるかどうかも、持って生まれたものやと思う。僕にとって面白い小説というのは、この結末がどうなるんやろうか、とページを次々にめくりたくなる小説なんですね。

東野　それに尽きます。自分の理想の小説というのは、僕自身読書が苦手ということもあって、食べ物に譬《たと》えると、流動食を食べてるんだけど、食べ終わったあとにステーキを食べたような充実感が得られるもの。それで読書が苦手な人が得意になったと思ってもらえるものがいいですね。小説によってはものすごく咀嚼《そしゃく》しなければならないでしょう。

黒川　特に直木賞に関しては、面白いだけじゃダメという風潮があったような気がします。以前『国境』が候補になった時に、亡くなったいおりん（藤原伊織氏）が、面白さでは候補作中で一番だろうけれども、エンターテインメントが過ぎると直木賞の選考ではちょっと不利になるんじゃないだろうか、というようなことを言っていたんですね。

東野　今は風がだいぶ変わってきたと思いますよ。

黒川　選考委員の顔ぶれも変わりましたからね。

東野　面白いだけではダメだけど、まずは面白くないといけないというのが自分の考えです。

黒川　受賞後、浅田次郎さんが「面白くて何が悪いんだ」というふうなことを言っていて、この人はいい人だなと（笑）。

東野　面白さは、十分条件ではないかもしれないけれど、必要条件を満たしてない作品のほうが上にくるのは納得できないですね。

黒川　そうそう。以前は面白いイコール人が書けてないという風に言われることがあって、おかしいと思ったけど、小説観の違いなんやろな……。

東野　黒川さんの場合、『破門』と同じ疫病神シリーズの『疫病神』も『国境』も候補にはなったけれど受賞できなかった。何がダメなのか選評を読んでもわからないわけじゃない？

黒川　わからんかった。

東野　今回『破門』を読んで、いい作品だったから当然推すつもりだったんですね。もし他の選考委員にダメだと言われるとしたら、何がダメなのか見極めに行ってやると思って選考会に向かったんだけど、今回は誰もダメだと言わなかった（笑）。

黒川　みなさまには心から感謝しております（笑）。

東野　ちなみに『破門』は金を追いかける話にしたかったのか、それともこういう詐欺がある、というのが先にあったのか。

黒川　映画の出資に関する詐欺があるというのはきっかけではあるけれど、一番書きたかったのは、いまどきヤクザの世界では食ってはいけないという状況です。

東野　なるほどね。

黒川　これまで桑原というのはヤクザなのにヒーローになりすぎていて、リアリティーがなくなりつつあると、ずっと思ってました。だから暴排条例と暴対法ができたあとの苦しい姿を表現したかった。でもタイトルの『破門』というのは〝絶縁〟よりはマシで、ヤクザの世界に戻ることができる可能性がある。もしこの小説が読者にウケなかったら、このシリーズは五作で終らせようと思っていたんですね。そうしたら今回、賞をもらったからまた復活させなきゃいけなくなった。賞は考えていなかったけれど、『絶縁』というタイトルにはしないというような、わりあい卑怯《ひきょう》なところもありまして（笑）。

東野　それは大事です（笑）。

直木賞の重み

東野　受賞会見で、雀荘で待ったとおっしゃっていたけど、いつもそうなんですか？

黒川　今回が初めてです。『国境』の時は東京の飲み屋で、『悪果』の時は大阪の馴染《なじみ》のバーで。落ちた時がいやなんですよ。周りに対してどんな顔をしたらいいかわからないですから。

東野　だから自分の場合は一回目だけ赤坂の料亭で文藝春秋の人と待って、それ以後はもうすべて自宅で待ちました。

黒川　自分の場合は、大阪に住んでいて、万が一受賞した場合は記者会見があるから東京へ出てきてくれと出版社に言われることが多かったんです。記者会見は売り上げに非常に関係するからと（笑）。待ち会は直木賞の場合、十九時を過ぎたあたりから電話が鳴るたびにみんながしーんとなる妙な雰囲気が苦手で。雀荘だったらそういう緊張感がないかなと。

東野　その点、東京に住んでいると家からすぐに記者会見場に行けるから、自宅で普通にすごしたい、できるだけ賞のことを考えないようにしたいというのはありました。まあ、実際には忘れることはできないですけどね。

黒川　考えないでおこうというのはもはや無理やな。この歳になったら昔のようなひどいプレッシャーはなかったけど、そもそも候補になるということ自体、意識のなかになかったんですよ。本は一月末に出てましたし、書評もぽつぽつとで、世間的には全然評判になっていない。おまけにシリーズものですから。

東野　『容疑者χの献身』もガリレオのシリーズだけれど、シリーズというより、本格ミステリだから候補にならないと思っていました。それが候補になったことが驚きでした。

黒川　東野圭吾の一番の功績は本格ミステリで直木賞を受賞したこと。それまではミステリー、特に本格物は直木賞に関しては歯牙にもかけられなかった。そういう意味でフロンティア、ミステリー界の野茂英雄です（笑）。

東野　ありがとうございます（笑）。

黒川　その時から比べると僕の時は選考委員九人中、七人が知り合いやもん（笑）。運が強いんです。東野さんの場合はものすごく難しい時に受賞しているんですよ。

東野　僕の時は選考会当日、連載の原稿を書いていて、それが行き詰まっていたんですね。もし何かいいアイデアが捻《ひね》り出せるものならちょっと今回落ちてもいいかなとか考えたり（笑）。

黒川　僕はそれはないわ。でもとにかく候補というのが寝耳に水で、ちょうどその連絡が来た時はよめはんと二人麻雀をしてて、日本文学振興会からの電話のあと、『破門』が候補になったでって伝えたら、よめはんにとってもあまりに意外だったからか「あっそう」って返ってきた。それが報道で勘違いされて、受賞後の会話だと思われてるんですよ。

東野　受賞を伝えた時の返事じゃないんですね。僕も勘違いしてました。

黒川　そのせいでよめはんが色んなところから責められて、「あんたは昭和天皇やないんやから、その返事はいかん」って（笑）。

東野　奥さんには装画を描いてもらったこともあるし、若い時はよく遊びましたね。一緒に飲もうと、大阪の北新地に行こうとしたら、奥さんも連れてきたのを覚えています（笑）。

黒川　俺が東野圭吾のようにたくさん書いていないのは、書く能力がなかったのもあるし、経済的な面もあって、よめはんは当時高校教師で稼いでたから、わりと寄生虫体質でやれたんです。

東野　僕が会社を辞めて専業作家になる時も、編集者からえらく心配されました。サラリーマン時代の収入は全然大したことなかったんですが。

黒川　これまで何かを決める時によめはんに事前に相談したことはほとんどないんですね。家を買った時も土地を買った時も「今日買《こ》うてきたぞ」という事後承諾で。

東野　そうなんだ（笑）。

黒川　唯一よめはんに相談したのが、作家専業になるために仕事を辞める時なんです。二足の草鞋《わらじ》をはいてる時は、寝不足でずーっとしんどい目をしてるから、「辞めてもええか」って言うと「いいよ、いいよ」って言ってくれて。そういう意味でよめはんには感謝しても感謝しきれません。博打で大負けした時に、これくらい負けたって言っても「あ、そう」って。ほんとによくできてます。

東野　まったくその通りだと思う。

黒川　だから、今回の受賞もツキがあったと思いますが、それと同様にいまのよめはんと結婚したのも運が強いと思いますね。

東野　これはぜひ書いてください（笑）。

著者あとがき

はじめに、編集者の田辺美奈さんに大感謝です。よくぞ、これだけ大量の種々雑多なエッセイを集め、きれいにまとめてくれました。わたしの四十年にわたる作家生活がここに凝縮しています。

でも、あらためて読んでみると、ほんと行き当たりばったりです。作家になろうと思ったことはまるでなく、たぶん『週刊文春』でサントリーミステリー大賞の公募を知り、勢いで四百枚ほどの推理小説を書いて応募したら、その後の人生が根底から変わってしまったというわけです。

そう、わたしは子供のころから努力をした自覚がない。いつも流れるまま、流されるままにイヤなことはせず、めんどくさいことには関わらず、眠たいときは寝て、よめはんに尻を叩かれながら日々を送るうちに、いつのまにやら五十回目の結婚記念日を迎えていました。

とりあえず、めでたい。

「プレゼント、ちょうだい。金婚式の」

「なにが欲しいの」

「ポルシェです。９１１」

「家、売る？」

「売ったら仕事ができんです」

「わたしへのプレゼントは」

「高圧洗浄機」

「かしこいね」

それで終わった。高圧洗浄機は買ったが、使うのはわたしだ。

今年の結婚記念日もよめはんにいった。

「プレゼント、くださらい」

「なにが欲しいの」

「スチーム洗浄機」

すぐに買ってくれた。

初出一覧

Ⅰ　デビューまで

博打と船と（『文藝春秋　臨時増刊』二〇〇五年八月、文藝春秋）
美大受験（「出たとこ勝負」90〜92『週刊朝日』二〇二一年三月十九日／三月二十六日／四月二日、朝日新聞社）
四年きりのスーパーマン生活（『オール讀物』一九九四年五月号、文藝春秋）
大阪からの修学旅行生（「思い出の修学旅行」『小説すばる』二〇一〇年六月号、集英社）
先生を辞めたくなかった（『文藝春秋』二〇一二年十月号、文藝春秋）

Ⅱ　作家的日常

勝手に人生訓（『野性時代』二〇〇八年十二月号、ＫＡＤＯＫＡＷＡ）
一日の始まりは麻雀から（「出たとこ勝負」1『週刊朝日』二〇一九年五月三十一日、朝日新聞社）

よめはんの口福（『オール讀物』二〇〇二年二月号、文藝春秋）
ガザミの思い出（『週刊文春』二〇一一年七月七日号、文藝春秋）
愛車遍歴（「出たとこ勝負」101『週刊朝日』二〇二一年六月十一日号、朝日新聞社）
家の履歴書（「出たとこ勝負」107『週刊朝日』二〇二一年七月二十三日号、朝日新聞社）
引越しビオトープ（『小説宝石』二〇〇〇年十月号、光文社）
お裾分けのオタマジャクシ（「出たとこ勝負」110『週刊朝日』二〇二一年八月十三日号、朝日新聞社）
幸せは小鳥や金魚とともに（『朝日新聞ｂｅ』「作家の口福」二〇一七年四月十五日）
手間ちがい（『社会保険』二〇〇〇年六月号、全国社会保険協会連合会）
ねこマキ（月刊『ねこ新聞』二〇一〇年七月号、猫新聞社）
セグとの日々（『文藝春秋　臨時増刊』二〇〇四年三月、文藝春秋）
文句が多くて、すんません（『朝日新聞ｂｅ』二〇一七年四月二十二日）
持たない三点セット（『京都新聞』二〇一七年九月二十日夕刊）
装幀について（「出たとこ勝負」74『週刊朝日』二〇二〇年十一月二〇日号、朝日新聞社）
仕事と音楽（「私のテーマ曲」『オール讀物』二〇一五年七月号、文藝春秋）
胃カメラ（『文藝春秋』二〇一四年十二月号、文藝春秋）
震災の朝（『潮』一九九五年四月号、潮出版社）

わがまち大阪・浪速区――金は無くとも、ぶらりぶらりとジャンジャン横丁（『大阪人』二〇一一年九月号、大阪都市協会）
個性派ぞろい、大阪アート（『IMPERIAL』二〇一七年十一月号、帝国ホテル）

Ⅲ　麻雀・将棋・カジノ・そして運

悪銭身につかず――二十代の履歴書（『GORO』一九八六年九月二十五日号、小学館）
親父の将棋（『将棋世界』一九九一年九月号、日本将棋連盟）
カジノギャンブルの旅――黒野十一『カジノ』を読む（『波』一九九七年八月号、新潮社）
カジノの負けは三桁（「出たとこ勝負」64『週刊朝日』二〇二〇年九月十一日号、朝日新聞社）
麻雀は「運」を予想するゲーム（『kotoba』二〇二二年NO.48、集英社）
八勝七敗（『社会保険』二〇〇〇年三月号、全国社会保険協会連合会）
阿佐田哲也さんの敗戦証明書（「出たとこ勝負」60『週刊朝日』二〇二〇年八月七日号、朝日新聞社）
色川さんと勝負したゲーム（「出たとこ勝負」59『週刊朝日』二〇二〇年七月三十一日号、

朝日新聞社）
文壇麻雀自戦記（「白熱の文壇雀豪対決」『小説現代』二〇〇三年十月号、講談社）
株歴四十年の勝敗（「出たとこ勝負」88『週刊朝日』二〇二一年三月五日号、朝日新聞社）
なぜベアリングズ銀行はつぶれたか――『私がベアリングズ銀行をつぶした』を読む（『波』一九九七年一月号、新潮社）
トオちゃんとの凄絶な闘い――白川道著『捲り眩られ降り振られ』を読む（『本の話』二〇〇四年五月号、文藝春秋）
競輪でビギナーズラック（「出たとこ勝負」63『週刊朝日』二〇二〇年九月四日号、朝日新聞社）
騙る（『図書』二〇〇〇年七月号、岩波書店）

Ⅳ　交遊録

めめが描いた〝男の矜持〟（『波』一九九九年九月号、新潮社）
めめのこと（『オール讀物』二〇一三年五月号、文藝春秋）
いおりんのこと――追悼・藤原伊織（『オール讀物』二〇〇七年七月号、文藝春秋）

Ⅴ　自作解説

『文福茶釜』のこと（『本の話』一九九九年六月号、文藝春秋）
世の中〝後妻業〟だらけ――『後妻業』（『オール讀物』二〇一五年一月号、文藝春秋）
贋作はなくならない――『騙る』（『文藝春秋』二〇二一年十二月号、文藝春秋）
直木賞を受賞して――『破門』（『本の旅人』二〇一四年九月号、ＫＡＤＯＫＡＷＡ）
「疫病神」シリーズ一言コメント（『本の旅人』二〇一四年九月号、ＫＡＤＯＫＡＷＡ）
『喧嘩』『泥濘』コメントは書き下ろし

Ⅵ　直木賞受賞記念エッセイ&対談

読んできた本――自伝エッセイ（『オール讀物』二〇一四年九月号、文藝春秋）
対談　東野圭吾×黒川博行「僕は運が強いんです」（『オール讀物』二〇一四年九月号、文藝春秋）

装画　黒川雅子
装幀　フィールドワーク
（岡田ひと實）

黒川博行（くろかわ・ひろゆき）

1949年、愛媛県生まれ。京都市立芸術大学美術学部彫刻科卒業。会社員、府立高校の美術教師として勤務した後、83年「二度のお別れ」でサントリーミステリー大賞佳作を受賞し、翌年、同作でデビュー。86年「キャッツアイころがった」でサントリーミステリー大賞を受賞、96年『カウント・プラン』で日本推理作家協会賞、2014年『破門』で直木賞、20年に日本ミステリー文学大賞、24年『悪逆』で吉川英治文学賞を受賞した。

JASRAC 出2406776-401

そらそうや

2024年10月10日　初版発行

著　者　黒川《くろかわ》　博行《ひろゆき》

発行者　安部　順一

発行所　中央公論新社

〒100-8152　東京都千代田区大手町1-7-1
電話　販売 03-5299-1730　編集 03-5299-1740
URL https://www.chuko.co.jp/

ＤＴＰ　平面惑星
印　刷　大日本印刷
製　本　小泉製本

Published by CHUOKORON-SHINSHA, INC.
Printed in Japan　ISBN978-4-12-005835-6 C0095